Fen Verstappen

LEBENSLEKTIONEN MEINER MUTTER

Roman

Aus dem Niederländischen von Janine Malz

Literaturverlag Droschl

Für Biek und Tijn
(natürlich)

Let's try to avoid that slippery word »rational«. If it just means »based on thought, or involving thought«, most emotions, I argue, are rational in that sense. Grief isn't a stomach ache, it involves thoughts about the loss of something precious.

Martha Nussbaum

IDENTITÄT

Es war nicht ihre Geburt, die mich zur Mutter machte, sondern die Tatsache, dass sie einfach bei uns blieb. Dass man sie aus mir herausholte und uns vier Stunden später sagte: »Wir sind dann jetzt fertig«, und dass man uns dieses zerbrechliche kleine Menschlein einfach mitgab, ohne nachzuprüfen, ob wir einen Dreipunktgurt im Auto haben, oder ob ich bei Wutanfällen mit Gegenständen werfe. Sie stellten keine Fragen, fuhren den Rollstuhl vor, und schon ging es nach Hause, und das obwohl ich an diesem Tag zwar ein Baby bekommen hatte, aber noch lange nicht Mutter war. So kam es, dass Jan und ich eine Stunde nach unserer Entlassung aus dem Krankenhaus vollkommen hilflos in unserem Wohnzimmer standen, ohne jemanden anrufen zu können. So von wegen: Ich glaube, es gibt da ein Missverständnis. Hier liegt noch ein Kind von dir.

Das Kind blieb. Das machte mich zur Mutter. Es blieb, und das Elternsein baute sich langsam Schicht für Schicht auf – auf den schlaflosen Nächten, dem Herumbugsieren des Kinderwagens, dem endlosen Schnuppern an dem winzigen Nacken. Es blieb hängen – durch die Nachbarn, die uns erfreut ansprachen, durch die anderen schlaflosen Zombies in der Krippe, durch die an die Eltern/Erziehungsberechtigten gerichteten Briefe.

Es brauchte Zeit, um Mutter zu werden.

So wie auch das *Nicht*-mehr-Mutter-Sein Zeit erfordert.

Und insofern ist es nicht die Hirnblutung, die dich zu jemand anderem machte, sondern die Tatsache, dass du dieser andere Mensch geblieben bist. Es ist das zweite Weihnachten in einer barrierefreien Wohnung, das sechsundzwanzigste Putzen deines Rollstuhls, es sind die bequemen Jogginghosen, die inzwischen ein eigenes Fach im Kleiderschrank haben. Es ist das neue Foto in deinem Personalausweis, das Winkritual, wenn wir an deiner früheren Wohnung vorbeikommen, es ist ein bestimmter Ausdruck, der inzwischen zum geflügelten Wort geworden ist. »Schöne Dinge«, sagst du, wenn wir dich draußen vor uns herschieben. Aber auch wenn dir der Wind die Haare in die Augen weht.

Es ist die allmähliche Erkenntnis, dass wir dich nie mehr anrufen können.

Eines Tages schlüpft man in die Mutterrolle. Und eines Tages legt man sie ab.

FÜNF TAGE NACH PARIS

Mein Telefon vibrierte auf dem Teppichboden. Es war Biek. Am Abend zuvor hatte sie mir noch erboste Nachrichten geschickt wegen einer Hose, die ich hätte anprobieren, und wegen der Maße, die ich hätte durchgeben sollen. Also ging ich nicht ran.

Direkt danach rief sie nochmal an. Bestimmt wollte sie mir wieder den Kopf waschen. Als ob nur sie den ganzen Tag Wichtiges zu erledigen hätte. Als ob sie nie mal etwas vergessen würde. Ich hatte acht Stunden lang an einem Werbetext für Nespresso herumgetippt, es war fast sechs, und ich hatte mich gerade mit der dicken Samstagsausgabe gegen die Heizung gelehnt. Ich hatte Feierabend. Endlich konnte das angenehme Zurückziehen beginnen. Ich ging wieder nicht ran und drehte mein vibrierendes Handy mit dem Display nach unten zum Teppich.

Dann rief sie nochmal an.

Und nochmal.

Und dann ein fünftes Mal.

Ausdauernd wie ein Rammbock.

So dringt das Unheil in dein Leben ein.

Als ob das Auto zu Wasser gelassen worden wäre, strömt der Regen an den Scheiben entlang, und so saust auch unsere Ungeduld durch das Fahrzeug. Stef ruft ständig an, wir sollen uns beeilen, weil wir sonst zu spät kommen, aber egal wie laut wir zurückschreien, dass wir feststecken, dass es gottverdammt nochmal halb sieben ist und offenbar alle Autofahrer der Welt beschlossen haben, sich auf der Straße zwischen Amsterdam und Breda zu versammeln, es kommt kein Moses, der das Meer teilt, kein Motorradpolizist, der uns auf dem Seitenstreifen einen Weg zum Krankenhaus bahnt.

Fast eine Stunde stehen wir nun schon. Der Regen prasselt auf das Dach. Im Auto neben uns bohrt ein Mann in der Nase. Wir drohen zu spät zu kommen, und erst jetzt begreifen wir, dass dies das erste Mal ist, dass wir das erste Mal wirklich zu spät zu kommen drohen, anstatt uns nur den Luxus zu gönnen, andere auf uns warten zu lassen. Wir kommen zu spät, und das hier ist etwas anderes als das, was wir sonst kennen, wenn wir auf dem Radweg wie die Idioten rasen und wild klingeln, damit uns alle Platz machen, den trödelnden Luxusgeschöpfen, diesen Trotteln, die einfach zu spät losgegangen waren. Das war Panik als Wohlstandsproblem. Angst ohne teure Konsequenzen. Das war Eile ohne Sirene.

Ein heulender Krankenwagen schießt an uns vorbei über den Standstreifen. Der Regen reißt das Blaulicht in tausend kleine Stücke. Fast eine herzzerreißende Stunde stecken wir hier nun schon fest zwischen all den Autofahrern der ganzen Welt. Sie schreiben Nachrichten, und wir schreien. Wir schimpfen, und sie gähnen. Denn vom Himmel ergießt sich ein Sturzbach. Und niemand kann etwas sehen.

Einen Monat vor Paris mailtest du mir ein Foto von dir.

»Es ist fürchterlich«, stand darunter.

Das Foto war von hinten aufgenommen, irgendwo im Freien, wahrscheinlich bei einem Musikfestival, denn darauf waren Himmel, Wiese und ein paar Freunde zu sehen und du, wie du tanzt; die Knie leicht gebeugt, die Hüfte typisch verrenkt, den rechten Arm hochgestreckt, den Zeigefinger zu einem Angelhaken gekrümmt. So standest du da auf dem Foto, und das konnte nur eines heißen, nämlich dass du tanzt, steif, aber völlig schambefreit, behäbig, aber beschwingt, das war genau die Art von Tanzen, die Biek, Tijn und mich mit Grauen erfüllte – dieser zuckende Mutterleib, diese Suggestion von Sinnlichkeit. »O Gott«, sagten wir, wenn du in unserem Beisein anfingst, so zu tanzen. »Ogottogott.« Und dann machten wir Würggeräusche, und du tanztest weiter und riefst uns zu, dass es genau darum gehe im Leben: darum, sich hinzugeben, sich nicht so zu genieren.

»Es ist fürchterlich«, schriebst du in deiner Mail, und ich schaute mir das Foto noch mal genauer an, um zu erkennen, was du meintest, aber eigentlich sah ich nur, wie du tanzt, irgendwo im Freien, mit deinen Freunden, und ansonsten sah ich meine Mutter, wie ich sie kannte: mit dem markanten schwarzen Bob, dem weiten Wollpulli, dem langen Leinenrock, den schwarzen Springerstiefeln und einem Glas Wein in der Hand. Meine Mutter eben, nicht anders als sonst, und ganz bestimmt keine dicke Mutter.

Das wollte ich dir auch zurückmailen. Aber ich wusste, wie das ist, wenn man sich auf Fotos sieht.

»In vier Wochen kannst du vier Kilo abnehmen«, schrieb ich deshalb und verlinkte darunter ein paar kohlenhydratarme Rezepte, die ich im Internet gefunden hatte. Lange danach suchen musste ich nicht, denn ich wusste genau, wohin ich mich wenden musste, und du auch, du wusstest auch, wohin man sich wendet, nämlich an mich und nicht an die mittlere Biek, die sich über das Verhältnis zu ihrem Körper lieber ausschwieg, und auch nicht an den Jüngsten, Tijn, der sich so wenig um seinen Leibesumfang scherte, dass er nicht mal auf deine Mail reagiert hätte. Nein, du schriebst mir, deiner ältesten Tochter, die gut im Abnehmen war, der Tochter, die eigentlich alles gut konnte, wenn sie es sich vornahm, Geige spielen, studieren, kochen, das Haus in Ordnung halten, Geld verdienen, ich konnte alles gut, wenn ich mich nur genug anstrengte, das hast du mir immer wieder gesagt, und es stimmte auch, selbst wenn ich dafür bis zum Umfallen schuftete und wochenlang zu wenig Schlaf bekam.

In irgendetwas nicht gut zu sein, war in meiner Erziehung nie ein Thema gewesen. Insofern konnte ich das nicht.

Ich schickte dir die kohlenhydratarmen Rezepte mit Sätzen wie »Rösten Sie zum Frühstück einen Esslöffel Sonnenblumen- und Kürbiskerne und schneiden Sie drei Aprikosen in kleine Stücke«. Gefolgt von »Zum Mittagessen zerdrücken Sie mit der Gabel eine Avocado und geben einen Teelöffel Olivenöl, eine klein gewürfelte saftige Tomate, frischen Koriander, eine halbe in Ringe geschnittene rote Paprika, den Saft einer halben Zitrone und eine Prise Meersalz hinzu«.

»Dann fahre ich lieber dick nach Paris«, schriebst du zurück.

Und ich antwortete, »Ach komm schon, Dickerchen«, mit

einem Video, in dem Whitney Houston und Maria Carey sangen, dass *miracles* möglich seien, wenn man nur *believte.*

Daraufhin schriebst du, besagte Whitney sei allerdings auch kläglich an ihren Wundern zugrunde gegangen.

Und ich erwiderte, besagte Whitney sei zum Zeitpunkt ihres Untergangs aber zufälligerweise ziemlich dünn gewesen.

Manchmal, wenn wir wach werden, weil wir aufs Klo oder einen Schluck Wasser trinken müssen, dann denken wir daran, wie du auf der Trage lagst und man dir alle Kleider vom Leib geschnitten hatte und sie dich gerade in den OP-Saal schieben wollten, aber dann sagten, wir dürften kurz zu dir, und wie wir in dem kahlen weißen Raum (zumindest unserer Erinnerung nach, aber das muss wohl an den Krankenhausserien liegen) auf dich zugingen und zwei Schritte lang Zeit bekamen, die Tatsache zu verarbeiten, dass nun wohl letzte Worte gesagt werden mussten, zwei Schritte, um sich zu überlegen, worin diese letzten Worte bestehen sollten, und dass die schlicht nicht auszudenken waren, weil wir vier Stunden zuvor noch zusammen Bananenreste von der Couch gekratzt und Bücher aus der Bibliothek auf dem Tisch zurechtgelegt hatten, und weil die Sinnlosigkeit dessen uns nun so entgegenschlug, dass wir uns beinahe schlappgelacht hätten, denn wenn man sich Sorgen macht wegen ein paar Bananenresten auf der Couch, während die eigene Mutter im Sterben liegt, dann ist man wirklich von einer unnachahmlichen Schlichtheit, diese Vorstellung, dieses Realisieren, machte es verlockend, zusammen in eine Unbeschwertheit zu flüchten, über uns selbst zu lachen und diese Situation, um zu relativieren, wozu wir uns gerade anschickten, während wir doch ernsthaft Abschied nehmen mussten, von dir, ungeübt und drei Wochen vor deinem sechzigsten Geburtstag, und inmitten dieser Mischung aus blinder Panik und beschämter Unbeholfenheit ließen

17

wir Klischees vom Stapel wie, du bist stark, eine Kämpferin und wir lieben dich (das könnte auch aus den Krankenhausserien sein), und dazwischen viel liebe *Mutti*, denn das findest du so ein schreckliches Wort, und wir gaben dir Küsschen auf deine geschlossenen Augen und streichelten deine kühle Stirn und wir drückten deine Hand, Mutti, du bist stark, du bist eine Kämpferin und wir lieben dich, dabei meinten wir eigentlich, dass wir es unerträglich finden, dass das Leben dir so übel mitspielte, mit Bananen und Bibliotheksbüchern, die hinter deinem Rücken so taten, als plätschere das Leben so gemächlich dahin, die Banalität all dessen, die dein Sterben derart besudelte, und während sie dich wieder zudeckten und Anstalten machten, deinen regungslosen Körper und vollgelaufenen Kopf durch die Tür zu schieben, zu einem vielleicht nie mehr, während sie dich bereits wegbrachten, drücktest du sanft unsere Hände.

Danach wieder einschlafen, klappt dann oft nicht mehr.

Wenn man erkennt, wie viel Angst du gehabt haben musst.

Nur Menschen, die es allen recht machen wollen, werden von allen gemocht. Sorg dafür, dass nicht jeder dich mag. Denk nach, bevor du redest, rede niemandem nach dem Mund. Sag höchstens: »Mag sein, dass du das so siehst.«

Misstraue Macht. Setz dich zur Wehr, wenn du von fehlplatzierten Machthabern in die Mangel genommen wirst, vor allem wenn es um Schaffner geht. Neunundfünfzig Jahre auf dem Buckel sind kein Grund, sich nicht mit der Bahnpolizei anzulegen. Auch nicht, wenn man dadurch eine Diplomfeier verpasst.

Trag das Herz auf der Zunge. Trau dich zu sagen, dass du deine jüngste Tochter hübscher findest als die älteste, die älteste aber wiederum schlauer als die jüngste. Tu nicht so, als würde es dir besser gehen, als es dir geht. Führt das alles zu Beziehungskrisen und hitzigen Familienkonflikten? Dann trink auf der Couch eine Flasche Wein, iss ein Pfund Käse, heul dich aus und leg dich schlafen. Entschuldige dich ungefähr alle zwölf Jahre.

DREI WOCHEN VOR PARIS

Drei Wochen vor Paris aßen wir zusammen in der Weinbar Worst, die bei mir um die Ecke ist, wir liefen aufs Geratewohl hin.

Du warst an dem Nachmittag von Breda nach Amsterdam gefahren, weil du für eine deutsche Modezeitschrift einen Text über dein Label einreichen solltest, einen Text darüber, wofür du als Designerin stehst und was dich von anderen unterscheidet. Du hattest einen ersten Entwurf gemacht, ob ich mal eben drüberlesen könnte. Selbst hattest du mit Sprache nicht viel am Hut, eigentlich noch nie, alle Bücher, die ich dir geschenkt hatte, waren als Staubfänger auf einem Stapel neben deinem Bett gelandet: Marga Minco unter Jerzy Kosiński, Kosiński unter Jonathan Safran Foer, Foer unter J.M. Coetzee, sie lagen unangerührt neben deinem Kopfkissen, du hast sie nie gelesen, aber du legtest sie auch nie irgendwo anders hin als dorthin, neben dein Bett, als ob du mich wissen lassen wolltest, dass du das eigentlich gerne wolltest: dass du mich gerne verstehen wolltest. Und außerdem, so sagtest du einmal, wirst du ja vielleicht irgendwann wach als jemand, der ein Buch lesen möchte.

Du warst nach Amsterdam gefahren, warst die Treppe zu unserer Haustür hochgetrottet mit wehendem Rock und schweren Stiefeln, klack, klack, klack, klack, hattest dich erbost neben mich auf die Couch gesetzt – in Amsterdam parken war wirklich eine Zumutung – und mir eine Klarsichthülle mit A4-Blättern auf meine bloßen Oberschenkel

20

geknallt: da ist der Entwurf, Spätzchen! (Wer druckt heutzutage noch was aus, sagte ich, du hättest es mir doch mailen können, aber das fandest du gar nicht nett, dass ich das sagte, als ob du aus der Zeit gefallen wärst.)

Ich las mir deinen Entwurf durch, er war nicht gut: ohne Anfang und ohne Ende, unsorgfältig formuliert und auch schlampig strukturiert. Ich schnappte mir meinen Laptop, öffnete Word, brach den Text in kurze Abschnitte auf, warf die Hälfte weg und mit dem Rest schusterte ich eine Frau zusammen, die in einer wohlhabenden Textilfabrikantenfamilie aufgewachsen war, ein widerspenstiges Kind in einer ansonsten mustergültigen Familie, ich beschrieb eine, die an ihrem achten Geburtstag ihr Zimmer schwarz angemalt hatte – die Wände, das Bett, aber auch den Schreibtisch und den Spiegel über dem Waschbecken –, eine, die an ihrem neunzehnten Geburtstag heiratete, damit sie ihr glattgebügeltes Elternhaus verlassen und ein Leben mit LSD, Pink Floyd und einem eigenen Klamottenladen führen konnte. Ich schrieb auch, dass du an deinem Hochzeitstag einen Hosenanzug aus Leder getragen hast.

»Ist das wirklich nötig?«, fragtest du.

»Vertrau mir«, sagte ich. »Schreiben ist mein Job.«

Du standest von der Couch auf und liefst in die Küche, ich hörte dich Schränke öffnen und wieder zumachen, du kamst zurück ins Zimmer mit einem Butterbrot, das du aßt, ohne einen Teller darunter zu halten.

»Du bekommst doch nicht etwa ein Baby?«, fragtest du, während du zu der hölzernen Spieluhr nicktest, die ich im Bücherregal stehen gelassen hatte.

»Nein«, sagte ich. »Sei mal kurz still.«

Ich tippte weiter: dass die eigenständigen, unkonventionellen Entscheidungen, die dich seit deiner Jugend kennzeichnen, auch in deinen Entwürfen durchscheinen: das, was du machst, ist eigensinnig, aber nie leichtsinnig, expressiv, aber nie schrill und geht von Komfort aus und einem unkonventionellen und demonstrativen Verständnis von Sex und Sexualität. Dass du den Kapitalismus verabscheust, dass du die Wegwerfindustrie verabscheust, dass du Kleidung machst, die man eigentlich ein Leben lang tragen kann.

»Ich frage mal, ob Biek und Tijn fertig sind mit der Arbeit«, sagtest du. »Wir könnten uns ja irgendwo draußen hinsetzen oder so.« Noch einmal blicktest du neugierig auf meinen Bauch.

Ich tippte weiter, und als der Text fertig war, riefst du Biek an, die gerade eine Tasche mit Leimklemmen eingespannt hatte, und du riefst Tijn an, der gerade noch an einer Kette herumtüftelte, aber auch dazustoßen würde, und ich rief Jan und Bou an, die irgendwo eine Kleiderstange für Paris zusammenschweißten, und gegen sechs liefen wir alle gemeinsam zur Weinbar Worst, wo wir sofort den feinsten Tisch angeboten bekamen. Und als jeder in die Karte schaute, sagtest du: »Wie unglaublich nett von euch, dass ihr mir heute Nachmittag geholfen habt«, und dann aßen wir gegrillten *pulpo* und Fenchel-Blutorangengratin, und wir bestellten Picpoul de Pinet, und wir machten ein Foto von dir mit einer riesigen Weinflasche – für den Totenzettel, sagten wir im Spaß –, und wir spielten eine Runde »Wer ist der Irrste in der ganzen Familie?«, und jeder durfte seine Top Fünf nennen und Tijn stand bei mir auf Platz eins, aber bei allen anderen führte ich die Rangliste an, weil ich dreimal am Tag meine Wohnung sauge, und damit war alles genau so, wie es sein musste, und unterdessen füllte ich mein Weinglas jedes Mal mit Wasser, was niemandem auffiel.

»Wie lange war sie ohne Hilfe?«, fragt jemand von den Ärzten.

Im Wartezimmer der Intensivstation hat sich eine hohe Wand aus Ärzten vor uns aufgebaut. Daran hängen Kulis, es sitzen Hauben darauf, hängen Schürzen daran, alle Füße stecken in weißen Gummischuhen. In der Wand gibt es auch eine Delle, eine Frau. Es verbirgt sich ein Dutt unter ihrer Haube, und sie hat schlanke Hände und feingliedrige Finger; optimales Gerät, um in den Tiefen eines Menschen zu wühlen, in den Tiefen eines Mutterkopfes, dem Kopf unserer Mutter. Auf einem Notizblock hält die Ärztin alle Angaben fest. Sie schaut zu uns.

Wie lange war sie ohne Hilfe?

Tijn schaut zu Biek. Jan schaut zu Biek. Ich schaue zu Biek. Biek wurde tatsächlich als Erste angerufen, aber Biek sieht Bou an.

»Mein Gehirn«, sagt Biek, »funktioniert nicht mehr.«

Das drohende Unheil hat uns in eine gedankenlose Ecke unseres Bewusstseins gedrängt. Das ging ganz von selbst, als ob sich die Natur unser mütterlich angenommen und mit sanfter, aber unerbittlicher Hand an einen Ort geführt hätte, der sicherer ist zum Darüberhinwegkommen. An einen Ort, an dem nicht mehr nachgedacht wird.

»Wo war sie, wie lang lag sie da, war sie ansprechbar und wer war bei ihr?«, fragt die Ärztin mit den schönen Händen jetzt. Sie zieht derweil eine kleine Uhr aus ihrer Brusttasche.

Unsere Mutter liegt nun auf dem OP-Tisch, in ihrem Kopf steht der Wasserhahn noch immer offen, und wir, die Erstangerufenen, die Nahestehenden, die sogenannten Hinterbliebenen, wir trödeln; wir haben keine Ahnung, wie lange unsere Mutter allein gewesen ist, wie lange sie ohne Hilfe war.

Dann redet Bou.

»Der Anruf kam von Stef, ihrem Buchhalter«, sagt er. »Wir waren alle bei der Arbeit, wir sind gerade aus Paris zurück, und die Tage danach haben wir immer alle Hände voll zu tun. Alle Bestellungen müssen eingetragen und geplant werden; das erste Wochenende nach Paris arbeiten wir alle durch. Wir machen das in Amsterdam, und meine Schwiegermutter in ihrem Atelier in Breda. Jedenfalls waren wir also bei der Arbeit, und dann hat uns Stef angerufen und uns erzählt, dass er sie in der Küche in ihrem eigenen Erbrochenen gefunden und sofort den Krankenwagen angerufen hat. Stef ist mit ihr mitgefahren ins Krankenhaus, wo man ihm geraten hat, uns sofort nach Breda zu holen, weil es dringend sei. Das ist alles, was wir wissen.«

Mehr haben wir nicht, Stef ist nach Hause; wir sind die Menschen, die am meisten über unsere Mutter wissen, aber wir wissen nichts, uns trennten Welten, als sie hinfiel. Mit so jemandem hatten es die Ärzte zu tun, mit nichtsnutzigen Rettern, mit sinnlosen Sehern, mit hoffnungslosen Angehörigen.

»Wir kommen nachher vorbei, um zu sagen, wie es gelaufen ist«, sagt die Ärztin, und dann verlässt die Wand das Wartezimmer. Biek schimpft. Tijn weint. Und ich suche mein Handy, um zum ersten Mal seit anderthalb Jahren unseren Vater anzurufen.

ZWEI WOCHEN VOR PARIS

Ungefähr zwei Wochen vor Paris hatte ich dir einen Schwangerschaftstest geschickt. So ein billiger Test aus einem bloßen Stück Teststreifen, ohne aufwändiges Testdisplay oder Plastikhülle. Ich hatte einen ganzen Stapel bestellt, damit wir die gesamte Familie auf dieselbe Weise überraschen konnten.

»Jan, schnell«, hatte ich morgens vom WC aus gerufen. Gerade noch rechtzeitig war mir der Rat einer Freundin eingefallen, dass das Testergebnis besonders eindeutig ausfiel, wenn man den ersten Urin des Tages verwendete. Jan war angerannt gekommen, ich hatte mit einem Mal Wasserlassen auf fünf Tests gleichzeitig gepinkelt, Jan hatte sie auf ein Geschirrtuch zum Trocknen gelegt, und dann hatten wir sie wortlos in fünf Briefumschläge gesteckt.

»Das Kind wird so großartig«, kreischte Biek am nächsten Tag am Telefon.

»Endlich«, schrieb uns Jans Schwester per WhatsApp.

»Du wirst eine Supermutter. Babys finden Staubsaugen total beruhigend«, schickte uns Tijn eine Nachricht.

Jans Mutter rief gegen Abend an, sie hatte gerade den Briefkasten geleert, erzählte sie unter Tränen, während Jans Vater im Hintergrund »Super, Leute« rief.

Von dir hörte ich nichts.

Nicht am folgenden Tag und auch nicht an den Tagen danach, und ja, es waren noch zwei Wochen bis Paris. Ich wusste, wie viel du dann immer um die Ohren hattest, wie unübersichtlich die To-Do-Listen, wie anstrengend der Wettlauf gegen die Zeit war, um bis zum Abreisedatum die gesamte Kollektion unter Dach und Fach zu haben. Ich wusste, wie du in diesen zwei Wochen gestresst durch dein Atelier ranntest, während du wahllos umherschriest, dass der schlampige Rockschoß neu gestickt werden muss und die Label neu gestempelt, ich wusste, dass du langsam, aber unwiderruflich durchdrehtest, während du die Bestelllisten ausdrucktest und vergessene Knöpfe annähtest, alle Lampen und Vorhänge für die Einrichtung des Showrooms in einer Kiste sammeltest, während du noch schnell eine Hose für dich selbst zusammenflicktest und deine Schuhe putztest und dein Haar färbtest und in letzter Minute versuchtest, noch ein Hotel zu buchen.

Ich wusste, dass alles, was dich ausmachte, davon abhing, wer du in Paris sein konntest. Also versuchte ich, an die große Freude von Biek und Tijn zu denken, an die Rührung von Jans Familie, und ich versuchte mich nicht daran zu stören, dass von dir gar keine Reaktion kam.

Nach sechs Tagen sah ich, wie dein Anruf reinkam. Ich zögerte kurz, ging dann ran.

»Lächerlich ist das in meinen Augen«, sagtest du. »Was sollte das denn nun wieder?«

Ich spürte, wie mir das Herz gegen den Hals schlug. Ich hatte es falsch gemacht. Es war sowieso unmöglich vorherzusehen, was gut ankam und was nicht. Sollte ich mich schick einkleiden oder machte mich das zu einem verschwendungssüchtigen Snob? Sollte ich das Haus aufräumen, bevor Besuch kam, oder galt ich dann als zwanghaft? Konnte ich einen Schwangerschaftstest schicken, um zu verkünden, dass ein Kind unterwegs war, oder war das bürgerlich und gewöhnlich? War es sowieso eine Zumutung, dich zur Oma zu machen?

»Wie konntest du Jans Mutter früher darüber informieren, dass du in froher Erwartung bist, als mich?«, fragtest du.

Ich wollte das Richtige sagen, aber dafür musste ich zuerst nachdenken. Doch das klappte nicht.

»Ich bin ihr eben im Albert Heijn über den Weg gelaufen. Muss ich mir von ihr sagen lassen, dass meine eigene Tochter ein Kind kriegt? Weißt du, wie sich das anfühlt?«

Und dann legtest du auf.

Ich legte meine Hand auf meinen pulsierenden Hals und danach auf meinen Bauch.

Stress war nicht gut fürs Baby, hatte die Hebamme gesagt. Ich lief ins Bad, um die Wäsche herauszulegen.

Erst am nächsten Mittag riefst du zurück.

»Gerade stand ein verlegener Nachbar vor der Tür mit einem Schwangerschaftstest in der Hand. Er hatte den Umschlag aus Versehen aufgemacht und hatte sich zu Tode erschrocken. Falsch zugestellt.«

Du lachtest und ich auch, und du machtest den Nachbarn nach, wie er vor deiner Tür gestanden und herumgestammelt hatte mit dem angepieselten Stück Papier in der Hand, wie er nach entschuldigenden Worten rang, weil er so gierig die Post aufgerissen hatte, wie ihn der Inhalt nach ein paar nervenaufreibenden Tagen doch zum unvermeidlichen beschämten Gang zu deiner Wohnungstür genötigt hatte, und dann machtest du ihn wieder nach, wie er »Entschuldigung und Glückwunsch« sagte, und wir lachten noch mehr.

»Ich finde, das ist eine Spitzennachricht«, sagtest du dann, und damit war es vorläufig wieder gut, und wir sagten: »Bis nächste Woche in Paris dann«, und wir gaben uns durch den Hörer ein Küsschen, es war wieder gut, zumindest vorläufig, denn ich wusste, dass trotz des wiederaufgetauchten Schwangerschaftstests sich bei dir der Gedanke festgesetzt hatte, dass ich dich als meine engste Vertraute hatte übergehen wollen, ich wusste, dass es keinen Unterschied machte, dass der hochrote Nachbar bewiesen hatte, dass du mir sehr wohl wichtig warst, dass ich dich natürlich als Erste hatte einweihen wollen, dass ich ein Kind bekam, ich könnte es noch zehnmal wiederholen, das machte keinen Unterschied, das Gefühl des Ausgeschlossenseins, das du empfunden hattest, würde sich in deinem Unbewussten einnisten und dort bekräftigen, was du ohnehin schon dachtest, dass du von den Menschen, die dir am nächsten standen, am meisten Abweisung erdulden musstest, dass deine Liebsten die härtesten Schläge austeilten und du insofern nur wenig wert sein konntest.

Enttäuschung. Das würdest du empfinden, wenn du daran zurückdenkst, wie ich meine Schwangerschaft verkündet habe.

Und bei mir war das nicht anders.

DER SPRUNG INS WASSER

Wie lange hattest du vornübergekippt auf dem Tisch gelegen in der Küche deines Ateliers? Die Frage der Ärztin schießt in meinem Kopf hin und her. Da sie dich in diesem Moment operieren, scheint Eile geboten, eine Antwort darauf zu finden. Als ob durch diese zusätzliche Information die Katastrophe noch abgewendet werden könnte, als ob die Antwort das entscheidende Puzzlestück wäre, durch das alles wieder gut wird.

»Hey Leute, ihr könnt aufhören!« Erleichtert möchte ich in den OP-Saal rennen mit einem hastig ausgerissenen Blatt Papier, auf das ich die beruhigenden Fakten gekritzelt habe. »Ich hab's herausgefunden, es waren gerade mal rund fünf Minuten. Sie lag fünf Minuten da, und dann hat Stef sie schon gefunden. Macht den Kram da oben wieder zu. Es ist nichts weiter, sie braucht bloß ein paar Tage Bettruhe, dann eine Woche Reha und ein paar Übungen, wie man Apfelmusdeckel aufmacht, und wir können jetzt wieder heim. Ihr könnt zusammenpacken, Leute, flickt den Schädel wieder zu, es waren gerade mal fünf Minuten, unsere Mutter rappelt sich schon wieder auf.«

Außer Stef gibt es nur einen Jemand, der bei dir im Atelier gewesen sein kann, gibt es nur einen Jemand, der vielleicht erzählen kann, was mit dir passiert ist, bevor du gefunden wurdest. Ich gehe aus dem Warteraum auf der Intensivstation hinaus, den Flur entlang und suche dort auf meinem Handy nach der Nummer unseres Vaters. Ich drücke auf »Anrufen«

und schaue, mit dem Telefon gegen das Ohr gepresst, zu Biek und Bou, die per WhatsApp unsere Tanten informieren. Ich schaue zu Tijn, der sich einen Becher aus dem Wasserspender zapft, um damit seine Augen zu waschen. Und ich schaue zu Jan, der verzweifelt zu mir schaut, und auf meinen Bauch. Wie soll man alles wieder ins Lot bringen, wenn mit der Mutter eine ganze Familie untergeht?

Wir sind erwachsen. Wir können schwimmen. Aber ob wir an derselben Küste angespült werden und ob wir uns dann noch wiederfinden, ist die Frage. Und unser Vater geht nicht ans Telefon.

ZWEI TAGE VOR PARIS

Du mailtest mir.

»Jedes Mal, wenn ich bei dir anrufe, nimmt irgend so eine Cindy Chanten ab, so eine völlig lächerliche Trulla von einer vollkommen bescheuerten Zoohandlung am Willemsparkweg. Fafmjau heißt die. Das hatte mir gerade noch gefehlt.

Aber was mir sehr wohl fehlt, sind Neuigkeiten von deinem Bäuchlein. Gibt's was Neues? Und hast du das Interview mit Martha Nussbaum inzwischen angeschaut? Warum funktioniert deine Telefonnummer nicht mehr? Fährst du mit mir zusammen nach Paris oder mit dem Zug? Das mit meinem Hotelzimmer hat übrigens natürlich nicht geklappt. Ist es okay, wenn ich bei dir ein Zustellbett aufstelle?«

DAS ALLTÄGLICHE

»Macht's gut!«, rufen die Pfleger auf dem Gang und verabschieden sich in ein Leben, in dem Abzugshauben brummen, Kinder quengeln und Hunde rausgelassen werden. Die Ärzte schauen noch kurz bei uns rein. Vor uns liegen spannende Stunden, sagen sie, und dann gehen auch sie nach Hause.

Zwei uns noch unbekannte Nachtschwestern beziehen ihren Posten, und wir warten derweil im Familienzimmer, ohne zu wissen, worauf wir warten, Leben oder Tod oder irgendwas dazwischen, heute oder morgen oder vielleicht wenn wir schlafen. Was wir wissen, ist, dass die kommende Nacht über unser restliches Leben entscheidet, und währenddessen ist im gesamten Familienzimmer kein Abwasch zu finden, und auch kein Wecker, keine hereinschneienden Kollegen und bimmelnden Straßenbahnen; es gibt keinerlei Form von Struktur, die dafür sorgt, dass das Unvorstellbare aushaltbar bleibt.

Was übrig bleibt, ist animalische Panik.

Und so laufen wir ständig zu deinem Zimmer, mit weichen Knien und manchmal sogar Arm in Arm. Wir werten die Grafiken aus, durchforsten die Chancenberechnungen im Internet, interpretieren deine Gesichtsfarbe, sortieren die Drähte neu, versuchen neue Strukturen zu finden, notfalls zu erfinden, tun alles, um den Verlauf dieses Abends beherrschbar zu gestalten. Wir erstellen Schlafpläne, damit immer jemand bei dir ist, und erschrecken bei jedem plötzlichen Piepen. Wir rennen zum Empfang: Stirbt sie jetzt? Liegt sie im Sterben? Schwester!

Und die Nachtschwester schlurft los.

Gemächlich kommt sie ins Zimmer rein, schaltet ohne jede Eile den Alarm aus und begutachtet Zahlen, behält jedwede Erläuterung aber für sich. Sie nickt uns nicht unfreundlich zu, zuckelt zurück zum Empfang, zurück zu ihrer Kollegin, ihrem geschälten Apfel und dem Ende ihres Arbeitstages, zu dem der Tod so selbstverständlich gehört wie der Papierplaner auf ihrem Schreibtisch, wie der Lichtschalter neben der Tür.

AUF DEM WEG NACH PARIS

Auf dem Weg nach Paris hatte ich das Abteil für mich. Ich rief Jan an.

»Ich habe Heimweh«, sagte ich.

Draußen war auf einmal die Stimmigkeit der Landschaft verschwunden. Mittelalterliche Giebel hingen eingeschüchtert zwischen Betonwohnblöcken, hypermoderne Einkaufszentren rieben sich an brachliegenden Fabrikgeländen. Darüber – wie sollte es anders sein – ein dunkelgrauer Himmel.

Belgien.

»Heimweh«, fragte Jan, »wie das? Du bist doch gerade erst los.«

Er sprach mit vollem Mund, wahrscheinlich hatte er den Mund voll mit Nägeln.

Er war noch nie ein Mann, der das Herz auf der Zunge trug, aber unter seinen Händen war unser ganzes schönes Haus entstanden; die Küche aus Eichenholz mit den ockerfarbenen Schranktüren, der schwere Tisch mit der Linoleumplatte, das fünfzehn Meter lange Bücherregal, in dem er für sich selbst gerade mal einen Meter Comics reserviert hatte – der Rest gehörte mir. Diese Woche würde er mit dem Kinderzimmer beginnen. Zum ersten Mal fuhr er nicht mit nach Paris.

»Der Zug fährt in die falsche Richtung«, sagte ich, während ich auf das ungeordnete Leben draußen blickte. »Ich will zurück zu dir. In unser Nest.«

»Aber du fährst doch zu deiner Familie«, sagte Jan. »Ist das

nicht auch ein Nest? Und bald bist du wieder zurück. Es sind
doch nur vier Tage.«

Damit, so wusste ich, war das Gespräch für ihn beendet.
Neunzehn Jahre lang lebten wir bereits zusammen, und in
diesen neunzehn Jahren hatte er sich alle Familiengespräche
angehört und alle Familienfeste angesehen – schweigend und
standhaft, stoisch und unerschütterlich –, überall war er dabei gewesen, und dennoch war die Geschichte zwischen Biek,
Tijn, unserem Vater und dir ausschließlich meine Geschichte
geblieben; es waren meine Verletzungen, es war meine Achil-
lesferse, und so sehr ich mich auch bemühte, es ihm begreif-
lich zu machen, war meine Sprache trotz zahlreicher Versuche
unzureichend geblieben, und auch meine Hände hatten das
Ausmaß nicht zu erklären vermocht.

Letztlich war ich mit dieser Erfahrung, wie bei allem,
allein.

»Dann mal rasch weitermachen mit dem Zimmer«, sagte
ich deshalb nur. Ich hatte Lust, aus dem Zug auszusteigen
und die Aussicht umzuharken, die Gebäude zu begradigen,
das Grau wegzuwischen. In meiner Tasche suchte ich währenddessen nach meinem Handy, nach Ablenkung. »Ich meine, klappt es?«, fragte ich jetzt. »Wird es schön?«

»Warte«, sagte er, und ich hörte, wie er den Hörer weg-
legte, die Nägel aus dem Mund nahm, ich hörte, wie er einen Schluck von seinem pechschwarzen Kaffee trank, wahrscheinlich schon die neunte Tasse und das auch noch auf
nüchternen Magen. »Das Bettchen ist gut geworden, ja, das
steht auch schon an seinem Platz. Ich werkele gerade an der
Kommode. Du wolltest doch dieses eine Grün?«

Er schwieg kurz.

»Ich hoffe, dass sie später Schlagzeug spielt«, sagte er.

Abgesehen davon, dass sich noch erweisen musste, ob

es eine »sie« werden würde, schien mir das ein gesunder Wunsch: eine Schlagzeug spielende Tochter. Ein Wunsch mit so viel mehr Leichtigkeit als: Ich hoffe, dass sie ihren Körper nicht zu sehr hasst, ich hoffe, dass sie Menschen vertrauen kann, ich hoffe, dass sie weiß, dass ihre Mutter sie trotz allem bedingungslos liebt.

»Ich hoffe auch, dass sie Schlagzeug spielen wird«, sagte ich. Das war ein schöner Gedanke, und auch eine prima Ablenkung. Kurz schien es, als ob selbst der belgische Himmel sich von einer weniger schwermütigen Seite zeigte.

»Soll ich dir die Fotos vom Bett schicken?«, fragte Jan, und ich sagte: »Ja, klar, dann kann ich sie nachher auch Tijn und Biek und Mama zeigen. Ich kann sie mir nur gerade selbst nicht anschauen, weil ich nicht weiß, wo mein Handy abgeblieben ist«, und dann fragte mich Jan, ob das bald auch so laufen würde, ob ich unter der Couch nach unserem Baby suchen würde, während ich es oben auf der Couch wickele, und wie es sein könne, dass ich ständig Ewigkeiten nach Dingen suchte, die sich direkt vor meiner Nase befanden.

ZU GLAUBEN

Wir sind früher nie in die Kirche gegangen, aber ins Rijksmuseum, das schon, und so erfuhren wir eines Tages vom Garten von Gethsemane, dem Olivenhain, wo Jesus in der Nacht vor seiner Kreuzigung zu Gott betete. Im Stich gelassen von seinen Jüngern und von seinem Vater, sinkt er auf die Knie und bittet wider besseres Wissen um ein barmherzigeres Schicksal. In der Ferne sieht er seinen Untergang bereits sich nähern: Sie kommen ihn mit Fackeln und Speeren holen.

»Kann es bitte anders ausgehen?«, betet Jesus zu seinem Vater, denn er mag zwar Jesus sein, der Heiland und Erlöser, aber Todesangst bleibt Todesangst, und genau wie bei uns allen führt seine Todesangst zu Verweigerung, zu Verzweiflungstaten, und so fleht Jesus seinen Vater an, ob das Schicksal ihn nicht verschonen könne, ob man ihn nicht später holen könne, wenn er größer ist, älter, weiter ist, wenn er sein Leben gelebt hat, aber schon während er darum bittet, weiß er natürlich, dass es vergeblich ist, dass wir unserem Schicksal nicht entkommen können, dass die vermeintliche Kontrolle über unser Leben eine Illusion ist, dass wir alle in Unwissenheit auf das große Unvermeidliche zusteuern, und dass dieses Schicksal uns fast immer unerwünscht, aber unausweichlich treffen wird, ob wir nun Jenny oder Jesus heißen, und dass unsere flehentlichen Bitten folglich hochmütig und sinnlos sind, und dass das auch der Grund ist, warum wir uns bei solch flehentlichen Bitten auf die Knie werfen und vornüberbeugen, warum wir uns beim Beten so klein machen.

Das Ausgeliefertsein zwingt uns in die Knie.

In Breda liegt der Garten von Gethsemane am Ende eines von Neonröhren beleuchteten Krankenhausflurs. LICHT, RAUM UND RUHE steht in großen Lettern an der Wand. Der Sozialarbeiter hat uns den Weg hierher gewiesen. Zwei Etagen über uns liegst du, ganz allein. Nach dreieinhalb Wochen vergeblicher Behandlung hat man dich soeben vom Beatmungsgerät abgekoppelt. Das taten sie in unserem Beisein. Zum ersten Mal hörten wir im Zimmer die Uhr ticken. Ohne Beatmungsschlauch röchelst du.

Im Gebetsraum ist es mucksmäuschenstill. Die Lampen spenden oranges Licht. Es stehen keine Stühle im Raum, also sinken wir sanft zu Boden. Sie geben dir nicht mehr lang, wir fassen uns kurz. Wir beten, ob es nicht anders ausgehen kann. Und sind uns bewusst, dass dies ein frommer, aber vergeblicher Wunsch ist.

Die Neuigkeit macht die Runde, die Nachrichten strömen nur so herein.

Jeder will wissen, was passiert ist.

Also verlassen wir das Familienzimmer und versammeln uns um dein Bett, wo der Laptop aufgeklappt dasteht mit einer Mail mit lauter CCs. Und dann werfen wir einen Blick auf dich, auf dein kurzgeschorenes Haar, auf deine Augen, die ohne etwas zu sehen zur Decke starren, und auf die Plastikschlange in deiner Nase, die dich ernährt. Wir blicken auf die Fixierungsbänder um deine Handgelenke, auf den pulsierenden Pissebeutel neben deinem Bett und die Reste schwarzen Chanel-Nagellacks, der nach sechs Wochen auf der Intensivstation zu Trauerrändern abgeblättert ist.

»Liebe alle«, tippen wir und werfen dann mit medizinischen Fachtermini um uns: das Aneurysma und die Subarachnoidalblutung, die Kraniotomie und das *Coiling*. Die Kontrollen alle zwei Stunden, die Drainage, die Vermeidung einer Reizüberflutung. Wir erzählen von den ersten entscheidenden Tagen, in denen du hättest wiederauferstehen müssen. Wir beschließen die Mail mit den Vasospasmen, der Meningitis und zum Schluss dem Wachkoma.

Darunter schreiben wir liebe Grüße und durchsuchen die aufgereihten Fakten noch einmal nach Tippfehlern. Und dann senden wir die Nachricht, auch wenn wir mit eigenen Augen sehen, dass das Geschehene noch immer nicht in Worte zu fassen ist.

DER ERSTE TAG IN PARIS

Am ersten Tag in Paris fegte Tijn mit nacktem Hintern den Showroom. Ich selbst war nicht dabei, Biek schrieb es mir per WhatsApp, als ich gerade den Gare du Nord verließ.

»Tijn fegt gerade mit nacktem Hintern den Showroom.«

Erstaunlich war das nicht, denn natürlich fegte Tijn mit nacktem Hintern den Showroom, oder er zündete sich im Wartezimmer beim Arzt eine Zigarette an oder befummelte seine neueste Flamme auf Omas Couch. Unangepasst zu sein war für Tijn kein furchtbares Schicksal, sondern ein selbst gewähltes Markenzeichen. Die Erziehung, die du für uns alle drei vorgesehen hattest, ist in seinem Fall gut geglückt.

Ich stellte meine Weekender-Tasche ab und rief Biek an.

»Es ist nicht nur eklig«, sagte sie, »sondern er fegt auch noch so, dass es gar nichts bringt.«

»Als Pascha lernt man halt nicht, wie Putzen geht«, sagte ich und dachte an all das sich stapelnde Geschirr, die nicht eingeschalteten Waschmaschinen, an alle dreckigen Bettwäschen und überquellenden Mülleimer, die Tijn mit deiner stillschweigenden Erlaubnis unter dem Vorwand eines Hockeytrainings oder eines Schultests stehen gelassen hatte.

»Warum hat er sich denn jetzt schon wieder ausgezogen?«, fragte ich, kannte die Antwort aber eigentlich bereits.

»Er hatte einen Kater«, sagte Biek. »Daraufhin hat er zwei Flaschen Sprudelwasser getrunken, um den Kater zu bekämpfen. Und dann ist er mit Mama auf der Périphérique stecken geblieben.«

»Was wird Mama stolz sein«, sagte ich und stellte mir vor, wie du und Tijn nebeneinander im Auto gesessen habt, du hinter dem Lenkrad, verärgert über den langen Stau und dein Unvermögen, mit einem Navi zu fahren, und Tijn übellaunig aufgrund des selbstverursachten Kopfwehs. »Kannst du nicht ein bisschen lustiger sein?«, hast du bestimmt zu Tijn gesagt, und Tijn hat darauf geantwortet, dass ihn alle bitte mal in Ruhe lassen sollen, und dass er übrigens furchtbar pissen muss, und dann hast du gesagt, dass er sich das eher hätte überlegen müssen, wir stehen jetzt mitten auf dem Ring in Paris, ich kann hier nirgends raus, so war bestimmt die Stimmung, kurz vorm Streiten, und nach ungefähr zehn Minuten hat Tijn dann gerufen, dass er sich in die Hose pullert, wenn nicht schnell ein Klo vorbeikäme, und du hast vor Anspannung ein wenig gelacht. »Was bist du doch für eine Heulsuse«, hast du gesagt, »das nächste Mal nehme ich eine Packung Windeln für dich mit«, und Tijn hat sich daraufhin immer lauter beschwert, und du hast noch lauter gelacht, und dann war er in dein Lachen eingestimmt, wir waren gut darin, uns gegenseitig das Leben schwer zu machen, aber noch besser konnten wir über uns selbst lachen, und ich stellte mir vor, wie dieses Lachen Tijns Untergang bedeutete, dass er nicht anders konnte, als die Pisse laufen zu lassen, und dass ihr danach noch eine Stunde im stinkenden Auto gesessen habt, während er dich mit Dilemmas konfrontierte, wie etwa, ob du lieber in einem nach Pisse stinkenden Auto einkaufen würdest oder in einem Behindertenmobil, ob du lieber nie mehr Wein trinken oder unseren Vater erneut heiraten würdest.

Es sind dreißig Tage vergangen, vier Wochen, in denen wir mit dir aus dem Leben gerissen und ins Wartezimmer des Todes gesetzt worden sind, ein außerhalb der Gesellschaft bestehendes Territorium mit Pflegebetten, Infusionsständern, Beatmungsschläuchen und der freundlichen Bitte, uns die Hände zu desinfizieren, bevor wir dir die Haare aus der Stirn streichen.

Wie lange hast du im Atelier gelegen, bevor Stef dich fand? Während ich mit meinem Handy über den Flur laufe, versuche ich vergebens Zeit wettzumachen, die ich achtlos verschwendet habe. Verbummelte Stunden, in denen ich dich nicht zurückrief, weil ich keine Lust dazu hatte; Wochen, in denen ich zu faul war, deine E-Mail zu beantworten; Monate, in denen ich dich nicht besuchte, weil kleine neue Verärgerungen an alten Verletzungen rührten.

Den ganzen Monat auf der Intensivstation versuche ich meinen Vater zu erreichen, um so die letzten Augenblicke, in denen du noch unsere Mutter warst, wieder zum Leben zu erwecken. Jeder Krümel, der den Vorrat an Erinnerungen an dich aufstocken kann, muss aufgelesen und eingesammelt werden. Aber unser Vater tut, was er bereits seit anderthalb Jahren tut. Jedes Mal, wenn ich ihn anrufe, geht er nicht ran.

»Pap, kannst du dich bitte bei mir melden?«, schreibe ich ihm deshalb an Tag Zwanzig. Ich füge ein Foto von meinem Ultraschallbild in der 20. Schwangerschaftswoche bei.

KONTAKT

Mein Ultraschallbild hat endlich den Vater in unserem Vater wachgerüttelt.

»Denk daran«, steht in der Betreffzeile seiner Mail. Und so beginnt auch seine Nachricht.

»Denk daran. Eine Entbindung im Krankenhaus ist sicherer als eine Hausgeburt. Geh zur Geburt auf jeden Fall ins Krankenhaus.«

Ruft den Mann wenigstens ab und zu an, sagtest du die letzten Jahre häufig. Kommt schon, Leute, meldet euch mal bei eurem Vater. Er hat sonst niemanden mehr. Nur noch mich. Und ihr wisst, wie gern er bei mir ist.

Und darüber mussten wir ein wenig lachen, denn wir wussten tatsächlich, wie er morgens wie ein zu Tode Verurteilter zu dir ins Auto stieg, um gemeinsam mit dir ins Atelier zu fahren, und wir wussten auch, wie er abends »Tschüss« zu dir sagte, ehe er wieder in seine Wohnung zurückkehrte.

Wir wussten, wie ihr jeden Arbeitstag wortlos im großen Schuppen voller Werkbänke und Nähmaschinen saßt, wie du mit dem großen Ganzen beschäftigt warst – den Entwürfen, den Stoffen, den Farben, den Läden weltweit, in denen du eines Tages gern mal liegen wolltest – und er mit den kleinen Hilfsaufgaben, die du ihm übertrugst: Riemen stanzen, Etiketten stempeln, Adresssticker ausdrucken. Im Hintergrund lief eine Sendung auf Radio 1 und ihr schwiegt. (Vielleicht würdest du ihn im Laufe des Vormittags fragen, ob er bei Van Wijck neue Teppichmesser für dich holen könne, und er würde daraufhin nicht »klar« oder »mach ich« oder »wird erledigt« antworten, sondern er würde auf dich zugehen und die Hand aufhalten. Die EC-Karte, sollte das heißen. Und danach würde er in dein Auto steigen, um eine Packung Teppichmesser und eine neue Schachtel Lucky Strike zu besorgen.)

Unser Vater hatte niemanden mehr, außer dich. Und uns natürlich, seine erwachsenen Kinder. Einst war er glücklich

44

mit uns gewesen – da waren die Ferien, in denen er uns ständig ins Schwimmbecken warf, das Wochenende, an dem er uns alte Lou-Reed-Platten vorspielte und wir jedes Mal aufs Neue fragten, ob er nochmal »Sweet Jane« auflegen könne, das eine Mal, als er Blutwurst für uns machte und wir Nachschlag wollten –, es hatte Momente gegeben, in denen wir ihn froh gemacht hatten, aber wie das gegenwärtig aussah, wussten wir nicht so genau, denn so sehr du uns auch anspornetest, uns ab und zu bei ihm zu melden, wir fanden immer gute Gründe, um zu beschäftigt zu sein, zu abgelenkt zu sein, um das Vorhaben kurz beiseitezulegen und es später nicht mehr wiederzufinden, stets hatten wir eine Ausrede, um deine Ermahnung, ihn doch mal anzurufen, zu spät zu lesen und es am nächsten Tag wieder zu vergessen, in dieser Hinsicht hatte seine Sucht auch unser Gehirn beeinträchtigt, war das Korsakow-Syndrom zu einem Familienleiden geworden.

MIT FASSUNG TRAGEN
(KEIN FAMILIENTALENT)

In den Kühlschrank ist eine Pfanne reingestopft. Sie steht schief, teils auf einem umgefallenen Glas Sambal und einer Dose mit Anchovis gefüllten Oliven (die du für uns holst, du selbst isst sie nicht).

Die Pfanne hast du weggestellt, wie du auch den Tisch zu Weihnachten deckst, wie du mit dem Auto durchs Zentrum manövrierst und wie du mit dem vollen Weekender die Treppen zu unseren Amsterdamer Wohnungen raufschlurfst: verärgert über die Widrigkeiten des Alltags, warum ist alles immer so mühsam. Der Deckel der Pfanne ist beiseitegeschoben. Bohnensuppe ist durch das Gitter ins Gemüsefach gelaufen.

Der Rest deines Hauses liegt ungerührt da. Auf der Couch liegen keine Krümel, der Boden ist leer, der Tisch ist aufgeräumt und auch der Schreibtisch ist frei von wütenden Briefen, charmanten Kärtchen, Maßübersichten, Listen. Nichts im Haus verrät den Beginn des Geschehenen, nirgends gibt es Hinweise.

Du fuhrst morgens los in der Annahme, du würdest abends wieder nach Hause kommen und Bohnensuppe essen. Aber die Suppe hattest du zu ungeduldig weggestellt. Und du kamst auch nicht mehr nach Hause.

Tanze.

Egal, ob du bei einem Festival, einem Abschlussball oder einem Kennenlerntreffen mit den neuen Schwiegereltern bist, zieh die Schuhe aus, heb das Glas in die Luft und tanze, dass es eine wahre Wonne ist. Lass dich dabei nicht zurückhalten durch steife Gliedmaßen, ein fehlendes Rhythmusgefühl oder zu viel Alkohol auf nüchternen Magen, denn, sich zu Musik zu bewegen, ist unendlich befreiend, und Scham wird maßlos überschätzt.

Ein Tennisarm, ein gebrochener Zeh oder Hernie machen dir einen Strich durch die Rechnung? Sei kreativ, tanz vorsichtig am Rand und schwing deine Krücken behände. Zur Not nicke nur mit dem Kopf mit – und immer mit geschlossenen Augen.

Tanzen macht das Leben leichter. Also geh in die Knie und schwing die Hüften. Lass den beschämten Nachwuchs links liegen. Tunk mit einem Keks in den Rotwein.

DIE ERSTE NACHT IN PARIS

Die erste Nacht in Paris konnte ich nicht schlafen.

»Grundgütiger«, sagtest du, nachdem ich die Nachttischlampe angeknipst hatte.

Ich hatte dich geweckt mit der quietschenden Badezimmertür, dem Wühlen in meinem Kulturbeutel und meinem wütenden Tritt gegen den Badezimmerschrank – immer dieses Scheißschlafen jede Scheißnacht.

»Grundgütiger«, sagtest du, »immer noch das gleiche Lied wie früher?«, und ich rief aus dem Bad, dass ich nichts hören will, dass ich noch durchdrehe, dass es eben nicht das gleiche Lied war, sondern mit der Schwangerschaft nur noch schlimmer geworden war, dass inzwischen ein komplettes Sinfonieorchester in meinem Kopf Platz nahm, sobald ich mich gegen elf Richtung stilles Schlafzimmer bewegte; die Sinfonien von Liszt, Mozarts »Confutatis« und »Communio«, die Rastlosigkeit, die mich befiel, wenn ich schlafen ging, war ohrenbetäubend und allesbeherrschend, und da konnte ich deine Kommentare nicht auch noch gebrauchen.

»Warum schläfst du nicht?«, fragtest du. »Woher kommt immer diese Panik?«

Ich ging aus dem Badezimmer und suchte rund um das Bett meine Socken und Schuhe zusammen. Die Angst wartete bereits im Aufzug auf mich, und es gab keinen Weg zurück zu einem sachlichen Gespräch, also packte ich meine Siebensachen und antwortete etwas wie: »Von allem, vom Muttersein«, aber ich meinte vielmehr, dass ich Angst hatte, vor dem *Nicht*-Muttersein, dass ich Angst hatte vor allem, worin ich als Elternteil versagen würde, vor dem unwiderruflichen Moment, in dem ich mein Kind mit meiner Wut, meiner Wechselhaftigkeit, meinem Unvermögen, bei Frust freundlich zu bleiben, einen Knacks verpassen würde. Mein unperfektes Wesen als Elternteil, diese Fehlbarkeit, die mir als Kind so zu schaffen gemacht und mich zu einer zwanghaften, ängstlichen und unverbesserlichen Perfektionistin gemacht hatte.

Davor hatte ich Angst.

Aber das wagte ich nicht auszusprechen.

Du sahst mich an mit einem Blick irgendwo zwischen Besorgnis und Verärgerung. »Geht es wieder darum, Fehler machen zu dürfen?«, fragtest du. »Sag mir eins, warum kann eine fehlerhafte Mutter nicht auch eine gute Mutter sein?«

Aber so einfach war es nicht, so einfach konnte ich dich nicht davonkommen lassen, das wäre vielleicht eine tröstliche Bemerkung gewesen, aber aus dem Mund von jedem anderen Menschen außer von dir, außerdem hatte mich die Angst fest im Griff, und so zog ich meine Socken, meine Schuhe und meine Jacke an und stapfte aus dem Zimmer davon.

Laufen musste ich, die Angst wegmarschieren. Abend für Abend und Schritt für Schritt musste ich darauf vertrauen lernen, dass weniger gut auch gut war, dass angeknackste Kinder auch glücklich werden konnten, dass es nach jeder durchwachten Nacht auch wieder Morgen werden würde und dass alles von selbst leichter wurde.

DU BIST NICHT GESTORBEN

»*Der verneinende Satz bestimmt einen logischen Ort mit Hilfe des logischen Ortes des verneinten Satzes, indem er jenen außerhalb diesem liegend beschreibt*«, schreibt Wittgenstein: Was in der Sprache verneint wird, existiert trotzdem, es existiert nur nicht dort, wo es verneint wird: Es existiert nicht an dem Ort, auf den mit der Verneinung verwiesen wird.

Wenn wir sagen: »Du bist nicht da«, dann sagen wir eigentlich: »Du bist nicht hier, sondern irgendwo anders«. Du musst irgendwo anders sein, denn wenn dieser verneinende Satz wahr ist, kann er ebenfalls verneint werden.

In dieser doppelten Verneinung verbirgt sich deine Identität. Du bist nicht nicht da. Also bist du da.

Aber wo?

Nicht zu Hause in Breda, wo du wild in einem Topf Soto Ayam rührst und über deine Freunde schimpfst. (Deine Geburtstagsfeier hat vor einer Viertelstunde begonnen, das Wohnzimmer ist noch leer, und wie jedes Jahr befürchtest du, es könnte keiner kommen.)

Nicht an deinem Schneidertisch in deinem Atelier, unerreichbar für die Welt. Du zeichnest bis tief in die Nacht mit hochgezogenen Schultern unter einem abgetragenen Wollpulli, es muss immer mehr fertiggestellt werden, als du fertigstellen kannst.

Du bist nicht in den Restaurants, wo du manchmal aussprechen konntest, was du in den eigenen vier Wänden nicht über die Lippen brachtest – dass du Vieles falsch gemacht hast und froh bist, dass das nicht zum endgültigen Bruch zwischen uns geführt hat.

Du bist nicht in unseren Amsterdamer Wohnungen und auch nicht in der Gästeluftmatratze, in dem Lederarmband, der schwarzen Zahnbürste und all den anderen Dingen, die du irgendwann mal bei uns vergessen hast.

Du bist nirgends, wo wir unsere Mutter wissen.

Du bist nur noch dort, wo du nicht bist.

DER ZWEITE TAG IN PARIS

Als ich am ersten Morgen in Paris wach wurde, warst du schon weg. Das lederne Trägerkleid, das du am Abend zuvor bereits angepasst hattest, hing nicht mehr am Bügel. (Diese Speckröllchen, hast du wahrscheinlich gemurmelt, als du dich vor dem Spiegel angezogen hast. So kann man doch unmöglich auf die Straße.) Das Hotelzimmer roch eindringlich nach *Rites de Passages*, dem Weihrauchduft, den du von einem befreundeten italienischen Designer geschenkt bekommen hattest.

Ich stand auf und ging ins Bad. Im Bad lagen deine Matratze und deine Bettdecke. Am Spiegel hing ein Zettel.

»Stressmacherin. Hoffentlich bist du doch noch eingeschlummert? Ich hab auch gut geschlafen, super deluxe, mit einem leckenden Siphon direkt über dem Kopfkissen und den Füßen auf dem stinkenden Badvorleger. Nun raus aus den Federn und rein in einen glücklicherweise unwichtigen Tag«, stand darauf. Darunter hattest du die Namen der Weinflaschen aufgelistet, die ich heute Vormittag bei Art et Vin abholen musste für deinen Umtrunk heute Abend. »Wir gehen jetzt den Showroom einrichten. Küsschen.«

Ich zog meine Unterwäsche aus und stellte mich unter die Dusche. Heute Nachmittag würden die ersten Einkäufer vorbeikommen. Aus Japan, Deutschland, England, Italien, Amerika und Russland waren Ladeninhaber nach Paris geflogen auf der Suche nach den schönsten Kleidungsstücken und Accessoires für ihre stattlichen Bekleidungsgeschäfte.

Die ganze Welt war angerückt für einen bewunderungsvollen Besuch bei dir und deiner Kleidung, bei Biek und ihren Taschen, und Tijn und seinem Schmuck. Meine Aufgabe war es, im Schatten all dieses Erfolgs herumzuschlurfen als Catering- und WC-Dame, als Verwaltungsmitarbeiterin und wandelnde Anziehpuppe. Was ich an den restlichen Tagen mit meinem Leben anfing – dass ich als Werbetexterin arbeitete, und was ich davon hielt, dass ich Angst hatte allein zu Hause zu sein, und dass ich gerne Kate Bush hörte, dass ich mich nicht für das eine Lieblingsbuch entscheiden konnte und seit meiner Kindheit oft von einer Jacke träumte, in der ich fliegen konnte –, davon ahnte niemand etwas.

Ich stieg aus der Dusche, trocknete mich ab, nahm den Zettel vom Spiegel und steckte ihn in mein Portemonnaie. Für mein Outfit öffnete ich deinen Koffer. In einem Leinentuch lagen eine schwarze grob gewebte Wollhose, Wollhosenträger mit schwarzen Metallknöpfen und ein Seidenshirt mit einem mattblauen Finish. Ich zog die Springerstiefel an, die du mir aufgetragen hattest anzuziehen, ich zog den Hut an, den du neben dem Fernseher bereitgelegt hattest und malte meinen Mund rot an. Verkleidet als das schamlose Kind, das ich hätte sein müssen, stieg ich über deine Matratze hinweg und lief durch das Hotelzimmer nach draußen.

SPERENZCHEN

Das Bluten hat aufgehört, die Entzündungen sind abgeklungen, du atmest von selbst, und wenn jemand einen Löffel an deine Oberlippe hält, dann öffnest du den Mund und schluckst das Dargebotene hinunter. Essen nennen die Ärzte das: »Mevrouw isst selbst«, und darum rollen sie dein Bett aus der Intensivstation und schieben es in die neurologische Abteilung, mit uns im Schlepptau, in den Händen all die Karten, die du von Freunden und Kunden bekommen hast, sowie deine Kulturtasche, deinen Morgenmantel und deine Schlappen: sinnlose Krankenhausaccessoires, die erst nötig werden, wenn Mevrouw auch von selbst die Augen aufmacht und wenn Mevrouw von selbst aufrecht sitzen bleibt.

Erneut räumen wir den anonymen Krankenhausschrank ein und geben dir einen Kuss, und zum ersten Mal verlassen wir dein Zimmer nicht, um schnell eben bei dir vorbeizufahren und die Post zu holen, eine schweigsame Tasse Kaffee in der Krankenhauscafeteria zu trinken oder ein kurzes Telefonat mit einem betroffenen Familienmitglied zu führen, sondern wir verlassen dein Zimmer, um zurück nach Amsterdam zu fahren. Du liegst nicht mehr im Sterben, und so steht uns zum ersten Mal seit anderthalb Monaten kein Familienzimmer mit Zustellbetten mehr zu: Zum ersten Mal, seit wir gemeinsam mit dir ins Bredaer Krankenhaus eingezogen sind, fahren wir nach Hause – und du bleibst allein zurück.

Wir versprechen, dass jeden Tag jemand vorbeikommt, um zu hören, wie es dir geht. Wir versprechen, einen Besuchsplan und eine Telefonzentrale einzurichten, und wir halten unser Versprechen ein: Jeden Tag reist jemand von uns nach Breda, und jeden Tag finden wir dort dasselbe Bild vor: dein unbeweglicher Körper, aus dem sich die Muskeln sichtlich verflüchtigt haben, dein farbloses Gesicht, auf dem sich langsam eine Schicht Hautfett gebildet hat, Haare, die nach Blumenkohl und Urin riechen, und Hände, die manchmal gedankenlos die Sonde aus der Nase ziehen, deine Augen, die uns ansehen, aber nicht wissen, wen sie sehen.

Jeden Tag sucht einer von uns dich im Krankenhaus in Breda auf, aber wir laufen weniger eilig durch die Flure. Wir sagen nicht mehr zu den Ärzten: »Da kennen Sie unsere Mutter schlecht.«

Es ist ein schmaler Grat zwischen gutem Geschmack und dem verzweifelten Lechzen nach Stil.

Sorg dafür, dass du immer auf der richtigen Seite bleibst.

Kauf dir Schuhe, in denen du laufen kannst und in denen du nicht stolperst oder schlurfst. Sei sexy, indem du deinen bloßen Hals zeigst, aber nie deinen nackten Bauch. Kleidung muss gut passen, gut fallen, sich gut anfühlen, bezahl zur Not ein Vermögen dafür. Aber sorg dafür, dass niemand sieht, dass du ein Vermögen dafür hingelegt hast. Denn das fällt wieder unter verzweifeltes Lechzen.

FÜR WEN?

Wir sorgen dafür, dass du weiterhin deine übliche Uniform trägst. Die Leinenshirts von Isabella Stefanelli. Die von Hand gefilzten Schals. Die Hose des amerikanischen Designers, der voriges Jahr noch deinen Showroom besucht hat. Wir kämmen dein Haar über das Loch in deinem Schädel. Wachen wie Hunde darüber, dass du so bleibst, wie wir dich haben wollen.

Wir schimpfen mit den Pflegern, genau wie du es tun würdest, wenn sie nicht rechtzeitig deine Wäsche wechseln. Reichen eine Beschwerde ein, als sie uns sagen, dass du niemals mehr richtig sprechen können wirst. Wir schlagen wild um uns, wenn sie dir unverblümt dein Schicksal vorhersagen: ein Bett im Schwachsinnigenverein mit Unterlage gegen das Auslaufen.

Dabei ist es kein Sich-Wehren wie bei einem Kind, das sich immer mehr von einem abnabelt und doch immer das eigene Kind bleibt. Kein Sich-Wehren gegen den Körper, der immer älter wird, aber dennoch der eigene Körper bleibt. Wir wissen: Jeder Tag, der gelebt wird, bringt unvermeidlich Veränderungen mit sich.

Es ist nicht deine Veränderung, sondern dein Sich-Wandeln in etwas Neues. Der abrupte Abschied, der damit einhergeht. Und die Tatsache, dass wir uns nicht mit diesem neuen Menschen vertraut machen können.

DER DRITTE TAG IN PARIS

Der dritte Tag in Paris war der Tag, an dem du einen Umtrunk für Kunden, Agenten und Journalisten veranstaltet hast. Im Vorfeld des Umtrunks hattest du Biek und Tijn angewiesen, alle Telefonnummern und E-Mail-Adressen zu sammeln, hattest Bou gebeten, die Einladung zu entwerfen, und mich losgeschickt, um den Alkohol zu besorgen und bei einem Restaurant in der Straße eine Kiste Weingläser zu organisieren. Ich ging während des Umtrunks mit den Weinflaschen herum. Biek, Bou und Tijn wiesen den Weg zum WC, lasen die zerbrochenen Gläser vom Mosaik-Kachelboden auf, und wir gaben Auskunft über deine Kleidungskollektion, Bieks Taschen und Tijns Schmuck. Gegen zehn bestellten wir Sushi.

Du erfülltest an diesem Abend deine eigene Aufgabe: schüchtern strahlen, umringt von einem Schwarm schwarzgekleideten Modevolks, das sich ab fünf im Showroom aufhielt und von dem du endlich so gesehen wurdest, wie du sein wolltest – eine Gruppe Exzentriker, in der du dich endlich als jemand widergespiegelt sahst, den du mögen konntest: unangepasst, aber talentiert, zwanghaft, aber visionär, hungrig nach Erkenntnis, aber mit zu viel ästhetischem Talent, um das unumwunden auszuleben.

Als Mutter warst du damit nicht immer erfolgreich, aber als Designerin hatte es dich genau in die erfolgreiche Subkultur katapultiert, in der du langsam aufblühen konntest.

»Can you tell me more about your dyeing process«, fragte dich ein japanischer Blogger, während ich neben dir mit einer

Schale Wasabi-Nüsse und einer Flasche Touraine herumhantierte. »*No no*«, schüttelte er seinen Kopf in meine Richtung, er wolle keinen Wein, er wolle vor allem kurz meine Mutter sprechen, dies war seine Chance, und ob ich nicht ein wenig zur Seite gehen könne.

Und du gabst dem Blogger aus Japan Auskunft. Du erklärtest, wie du Blätter, Blumen, Rinde und Holzkohle erst tagelang einweichen lässt, wie du den Sud kochst, siebst und erneut zu Farbe einkochst. Während du sprachst, hieltest du den Stoff von einer der Jacken aus deiner Kollektion fest und ließest deinen Daumen darüber gleiten. Im Grunde sucht man ewig nach dem richtigen Verhältnis, sagtest du, letztlich geht es immer um Gleichgewicht, man probiert so lange herum, bis genau das Graugrün herauskommt, das man vor Augen hat, und erst wenn du diese Farbe gefunden hast, färbst du alle Stoffe in großen Kesseln in deinem Atelier. Danach fixierst du deine Farbe mit Alaun. Fühlen Sie nur, sagtest du zu dem Blogger, davon wird der Stoff nicht nur farbecht, sondern auch fester und steifer, dadurch fällt der Stoff besser. Du strichst mit dem Daumen über den Stoff, rund um die schwarz lackierten Nägel sah man Farbreste, die, nun da ich darüber nachdachte, nie nicht da waren.

Der Japaner wagte nicht, den Stoff anzufassen. »*Thank you*«, sagte er sanft und dann überreichte er dir eine Visitenkarte, machte eine Verbeugung und verschwand wieder in der Menschentraube, die sich inzwischen bis weit auf den Gehweg ausgebreitet hatte.

»Ich hab nicht mal die Chance gekriegt, mit meinen Kindern anzugeben«, sagtest du, während du einen Arm um meine Schulter legtest. Du zogst mich an dich heran, und gemeinsam blickten wir auf alles, was du und deine Kinder zustande gebracht hatten. Wir blickten auf die Stangen voller prächtiger Kleider, die Haken voller Taschen, die Gitter voller Schmuck, das Können, das darin zum Ausdruck kam, die Materialkenntnis, das Auge für Details, die Handwerkskunst und der gute Geschmack. Du hattest auch wirklich einigen Grund anzugeben, was deine Kinder angeht, und da der Japaner weg war, teiltest du deinen Stolz mit mir, der Denkerin mit den zwei linken Händen, der Philosophin mit einem guten Auge für Beeren entlang des Weges, dem Kind, das du zwar geboren hattest, das aber vor allem nach seinem Vater kam.

»Hallo Papa. Danke für deine Mail. Schön von dir zu hören und danke auch für deinen Hinweis. (Ich wollte sowieso auch im Krankenhaus entbinden.)

Der errechnete Geburtstermin ist in etwas mehr als vier Monaten. Ich fände es schön, wenn wir uns vorher nochmal sehen oder sprechen könnten. Geht das? Zum Beispiel nächsten Samstag.«

»EINVERSTANDEN.«

Antwortete mein Vater.

BODEN

An dem Tag, an dem unser Vater wegging, war nur ich zu Hause. Tijn war an jenem Nachmittag beim Hockeytraining. Biek hatte Zeichenunterricht. Und du warst sowieso nie zu Hause nach der Schule, du warst in deinem Atelier ein paar Straßen weiter, um Pläne für das Aufziehen eines eigenen Modelabels zu schmieden. Manchmal radelten wir nach der Schule bei dir vorbei, dann bekamen wir Holundersirup mit Mineralwasser und durften mit Stoffresten basteln und mit einer echten Nadel Knöpfe annähen und in den vielen Schubladen mit Garn wühlen. Aber das ging nur gelegentlich, wenn du nicht viel zu tun hattest.

Ich stand in der Sonne und wollte gerade mein Fahrrad abschließen, als er auf mich zukam.

»Hallo Papa«, sagte ich, denn bei unserem Vater war es wiederum ganz normal, dass er zu Hause war, das war er eigentlich ständig, seit er seine Werbeagentur von Rotterdam in unser Arbeitszimmer in Breda verlagert hatte. Sein Job bestand darin, Konzepte zu entwerfen – er verdiente sein Geld mit Nachdenken, wie er regelmäßig sagte –, und dafür musste man kein teures Büro mieten. Denken konnte er auch, wenn er unter der Dusche stand oder mit unserem Hund Gassi ging. Seit er angefangen hatte, von zu Hause aus zu arbeiten, brauchte er sich bei nichts und niemandem mehr morgens zu Arbeitsbeginn zu melden und konnte sich seine Zeit frei einteilen (seinen großen Glücksfall nannte er das), und so trafen wir ihn nach der Schule meist an, wie er am Computer Poker spielte oder in einem Topf mit Ragout rührte oder auf der Couch schlief, eine Flasche Wein und ein Glas neben sich auf dem Boden. In Italien trinkt man immer ein Gläschen zum Mittagessen, erklärte er uns.

Nun kam mein Vater auf dem Gartenweg auf mich zu. »Gehst du?«, fragte ich und meinte, gehst du zu Arie Holster, dem Tabakwarenhändler, bei dem er jeden Tag eine Packung Lucky Strike kaufte und jeden Tag auch heimlich Süßigkeiten für uns mitbrachte, die wir von dir nie bekamen – saure Bärenzungen, Lakritzlollis, Bananas und Traubenzuckerblöcke –, jene Art von Süßigkeiten, mit denen er heimlich deine strikten Geschmacksregeln mit Lederstiefeln trat.

»Ja«, sagte er, »ich gehe.«

Er hatte einen Tragegriffmüllbeutel in der Hand mit einem Terminkalender, einem Portemonnaie und einer Zahnbürste darin; ungewöhnliches Gepäck für jemanden, der ging, aber dennoch gab ich ihm einen Kuss und dann lief er durch das Tor in unserem Vorgarten, rollte die Plastiktüte zusammen, stopfte sie unter seine Lederjacke und stieg auf sein Motorrad. Er startete den Motor und fuhr an dem üppig blühenden Vorgarten der Familie Grooten und beim Hausarzt Marinussen vorbei, vorbei an den Janssens mit ihrem großen Hund und vorbei an der Familie Zeilaard, die voriges Jahr ein Kind verloren hatte und bei denen wir seither nicht mehr wagten hineinzuschauen, unser Vater fuhr die Straße entlang, so wie er es jeden Tag mindestens einmal tat. Ich sah ihm nach, bis er um die Ecke gebogen war. Dann verstaute ich meinen Fahrradschlüssel in meiner Hosentasche, zog meine Jacke unter den Spanngurten hervor und ging hinein. Er hatte die Haustür offen stehen lassen.

Um sechs Uhr kamst du aus dem Atelier zurück, und du wärmtest die Lasagne auf, die noch vom Vorabend übrig war.

»Manchmal müssen Menschen ganz unten am Boden ankommen, damit man ihnen helfen kann«, sagtest du über den leeren Stuhl am Tisch. Nach dem Essen gingst du sofort nach oben. Wir blieben in der Küche, als ob alles wie immer wäre. »Darf ich Joghurt mit Schokostreuseln essen?«, fragte mich Biek, und ich sagte: »Von mir aus«, und räumte dann den Tisch ab. Der Abwasch stand seit drei Tagen da.

DER DRITTE ABEND IN PARIS (SPÄT)

Der Umtrunk war bereits seit Stunden vorbei, und soeben war auch das letzte Modevolk abgezogen, es war inzwischen halb zwei nachts. Biek, Bou und ich hatten noch die leeren Gläser und Flaschen zusammengesucht und auf der Arbeitsfläche in der engen Küche abgestellt, aber wir hatten die Sushischalen voller Kippen stehen und die vergessenen Brillen und Taschen liegen gelassen.

»Ich glaube, als Architekt habe ich noch nie so hart gearbeitet wie jetzt als Schwiegersohn eurer Mutter«, sagte Bou zu Biek, und dann hatten wir das Licht ausgeknipst und die Tür des Showrooms hinter uns zugezogen.

Du saßt mit Tijn auf dem Bordstein auf der gegenüberliegenden Straßenseite.

»Nimm noch eine Flasche mit«, riefst du.

Aber ich sagte: »Es ist kein einziger Tropfen mehr übrig.« Ich hatte den Abend zwar auch schön gefunden, musste mir aber wieder mit dir ein Zimmer teilen.

»Dann noch auf einen Absacker im Hotel«, sagtest du zum Straßenpflaster. Tijn stand taumelnd auf und half dir hoch.

»*Connards*«, zischte eine Nachbarin, die mit ihrem Hund vorbeigehen wollte, der aber niemand Platz machte, und dann wurde es Zeit zu gehen, und gemeinsam sogen wir die frische Nachtluft ein; eine träge, aber lautstarke Truppeneinheit in schwarzer Wolle und dunkelgrauem Leinen, die Stiefel klackernd auf dem Pariser Pflaster und die Hüte keck auf den größtenteils betrunkenen Köpfen. Hierin lag unsere Zuneigung begründet, in dieser äußeren Verbundenheit, dies war der Moment größter Zusammengehörigkeit: zusammen auf den Straßen von Paris. Hier gab es kein Glatteis, gab es keine traumatischen Stolpersteine, all die alten Verletzungen lagen hübsch weggepackt in Brabanter Häusern in weiter Ferne, hier mussten wir nur im Kampfanzug über die Rue de Saintonge poltern, während Tijn »These Days« von The Black Keys sang und mit einer Flasche Bier mit allen Laternenpfählen anstieß.

»Ich glaube, es gibt da ein Mütterchen, das in jedem Fall ins Bett muss«, sagte Biek zu mir.

»Ich glaube, ich geh auch schlafen«, sagte Bou. »Morgen um neun Uhr steht der Einkäufer aus Berlin wieder vor der Tür.«

Plötzlich hörtest du auf zu gehen.

Verdutzt stolperten wir über unsere eigenen Füße und machten ebenfalls halt, drehten uns um und blickten zu dir. Unter dem Licht einer Straßenlaterne warst du stehen geblieben, stelltest deine Tasche auf dem Boden ab, nahmst den Schal ab, legtest ihn auf die Tasche, schlugst den Schoß deines Wollcapes zurück und grifst mit den Händen an deine Taille, wo du mit einem Seufzer der Erleichterung die Hosenknöpfe öffnetest und den Hosenbund lockertest.

»Endlich, Leute«, seufztest du und dann sahst du uns lachend an. »Verdammt, ich glaub, es sind endlich meine fetten Jahre angebrochen.«

DER ELEFANT

Es klingelt, und schon fallen unsere Freunde über uns herein.

»Hey, hallo«, rufen sie etwas zu laut, »wie schön, euch endlich wiederzusehen!« Es wird extra fest über den Rücken gestreichelt und dann lässt sich jeder auf die Hocker plumpsen, die ganz normalen grauen Hocker, die hier schon seit Jahren stehen.

»Kalt ist es draußen«, sagt jemand.

»Sonst hätte ich heute Nacht Mücken im Haus«, sagt jemand anderes.

Und wir fragen: »*Kaffee?*«, denn so fragen wir immer nach, ob jemand eine Tasse Kaffee will.

In der Küche füllen wir schweigend die Tassen mit heißem Wasser. Wir ziehen den Siebträger aus der Kaffeemaschine, klopfen ihn leer, spülen ihn ab. Wir füllen eine Schale mit kandierten Früchten und gesalzenen Mandeln. Drinnen dreht sich das Gespräch um horrende Parktarife.

Wie sollen wir da gleich einsteigen?

Während unsere Freundschaft bislang solide auf Sprache fußte – auf ausführlichen Gesprächen über Urlaub auf Kreta, überforderte Eltern und gebrochene Herzen, über Arschlöcher auf Motorrollern und narzisstische Vorgesetzte –, müssen wir uns nun mit einer unaussprechlichen Erfahrung herumschlagen, die uns nicht nur unsere Mutter, sondern auch uns selbst genommen hat.

Geduldig tröpfelt der Kaffee in die aufgewärmten Tassen. Drinnen wird gelacht. Ob wir die Kuh erst noch melken müssen. Wir holen das Tablett aus dem Spülenschrank und stellen die Tassen auf die Untertassen.

Die Routine wird uns retten.

Wir gießen die Milch in den Stahltopf, holen den Schneebesen aus der Schublade.

Wir schäumen die Milch auf und hoffen, dass sie nicht nachfragen, wie es uns geht.

NICHT ANDERS KÖNNEN

Es war dunkel im Zelt, natürlich leuchtete der Mond, aber
ansonsten war es stockfinster, weil wir so abgelegen standen,
weit weg von allen Laternen, und auch die Waschräume waren zirka fünf Minuten zu Fuß entfernt. So hattet ihr es am
liebsten, weit weg von allen Kochgerüchen, der aufgehäng-
ten Wäsche und den unerträglichen Ritualen aller anderen
Campinggäste – Morgengegurgel, bellende Bouviers, der zur
Schau getragene Toilettengang.

Mit dem Vorzelt Richtung grüne Hügel, so mochtet ihr es,
und so lagen wir in der abgelegenen, dunklen Muschel aus
Stoff und wurden von deiner Stimme wach, es schien Mond-
licht auf dein schwarzes Haar, aber dein Gesicht konnten wir
nicht gut sehen. »Aufstehen«, sagtest du, »raus aus den Federn,
ihr Lieben«, du rochst nach Wein und streicheltest keuchend
ein wenig zu fest über unsere Köpfe. »Kommt schon, Leute, aufstehen«, und wir taten unser Bestes, um schnell wach
zu werden und wankten von der wackeligen Luftmatratze
herunter, offenbar hatten wir es eilig, mehr fragten wir uns
nicht, denn wir hatten eine klare Anweisung von dir. Wir zogen unsere weiße Unterhose aus unserer Poritze, suchten im
Dunkeln nach einem T-Shirt und einer Hose, es war kalt für
einen Campingurlaub, und wir bekamen vom Zeltboden nasse Füße, also holten wir unsere Wasserschuhe aus dem Vorzelt
und krochen auf die Rückbank des Autos, wir starrten vor uns
hin und sagten nicht viel, wir dösten ein wenig im Dunkeln,
während du im Licht einer Stirnlampe das Zelt abbautest, du

krempeltest die Ärmel hoch und knülltest das Überzelt, die Bodenplane und die Schlafkabinen zusammen und stopftest alles in den Kofferraum, du schnapptest dir die Luftmatratzen und den Campingkocher, die Kühlbox und die Kisten mit der Kleidung, du machtest alles handlich klein, stapeltest alles im Handumdrehen zusammen und warfst dann alles ins Auto, alles bis auf die Spülschüssel, die ließest du stehen.

Du sagtest nichts, als du einstiegst, schlugst die Tür zu und wendetest das Auto Richtung Schotterweg, und ich drehte mich nach hinten und blickte durch das Fenster auf den dunklen Fleck, wo wir noch vor einer halben Stunde in unserem Zelt geschlafen hatten und wo nun nichts mehr war außer einer zurückgelassenen Spülschüssel, die rot im Rücklicht unseres Volvos aufleuchtete. Wir hatten an diesem Abend Folienkartoffeln gemacht und Fenchelwürstchen gegrillt, und danach hatte man uns früh ins Bett gesteckt; im Campingrestaurant sollte ein DJ auflegen.

Wir schliefen durch das rhythmische Ruckeln des Autos ein, und erst, als du langsamer fuhrst, um zu tanken, wurden wir wieder wach. Die Sonne ging gerade auf und die Frau an der Tankstelle sprach wieder ganz normal Niederländisch, wir gingen der Reihe nach aufs Klo, wofür wir einen Schlüssel bekamen, und durften ein Kinderüberraschungsei zum Frühstück essen, und erst als wir anfingen über das Spielzeug zu streiten – wir saßen wieder auf der Rückbank und stritten darüber, wer das rosa Pferdchen behalten durfte –, erst da fiel uns auf, dass unser Vater gar nicht dabei war.

»Wo ist eigentlich Papa?«, fragten wir. Und dann sagtest du, dass Papa wahrscheinlich bei der Rettungsschwimmerin im Bett lag.

Nun da wir älter sind, wissen wir, dass wir aus demselben Holz geschnitzt sind. Bei Angst entwickeln wir Streitlust, bei

Erniedrigung Rachegelüste. Genau wie du treten wir Türen ein, schlagen wir Zähne aus, brechen wir Zelte ab, wenn wir fühlen, dass wir in die Enge getrieben werden.

Darüber haben wir gerade geredet, über jenen Urlaub in Frankreich, darüber, wie wir unseren Vater erst eine Woche später wiedersahen, als er nach Hause kam und wir in unseren Pyjamas und mit Pantoffeln die *Mini-Playbackshow* schauten, dass er eine kurze Hose trug, obwohl es draußen regnete, dieser Urlaub in Frankreich, darüber haben wir geredet, als sie dich mit einem Patientenlifter aus dem Bett in den Rollstuhl hoben und uns baten, kurz auf dem Gang zu warten.

DER VIERTE TAG IN PARIS
(FRÜH AM MORGEN)

Der vierte Tag in Paris begann mit einem Spaziergang durch den Square du Temple. Zumindest für mich, denn du, Biek, Bou und Tijn hattet euch früh verabredet, um den Showroom abzubauen.

»Besorg du doch das Frühstück«, hattest du mich gebeten, bevor du an diesem Morgen das Hotelzimmer verlassen hattest, es hatte wie ein Auftrag geklungen, aber was du eigentlich meintest, war: Bleib du noch liegen, die du immer so schlecht schläfst und schwanger bist. Gönn du dir mal ein wenig Ruhe.

Du hattest mit den Fingern durch deine schwarzen Haare gekämmt, deine Bergschuhe angezogen unter einer schlichten Hose und dazu den Pulli mit den Löchern, in dem wir dich blind erkannt hätten, und so warst du aus dem Zimmer marschiert. »Keine Aprikosen und gerösteten Kürbiskerne, bitte«, hattest du vom Flur aus noch gerufen, aber was auch immer ich anschleppen würde, es war dir egal, der Betrieb hatte stets Vorrang und das Frühstück lag noch Stunden in der Ferne.

Ich zog die Decke hoch, um nachzuschauen, ob man schon mehr Bauch sehen konnte, was nicht der Fall war, und das Wenige, was man sehen konnte, schien mir kaum eine Ausrede, um im Bett liegen zu bleiben, während ihr den angemieteten Showroom gemeinsam abbauen musstet. Die gesamte Ausstattung, die ihr für vier Tage aufgezogen hattet – die Lampen an den Wänden, die Teppiche auf dem

Boden, die vollen Kleiderstangen und metallenen Kerzenständer, die zentnerschwere Kaffeemaschine mit den Keramiktassen und die Metallhocker, die den Rest des Jahres im Atelier standen, alles würde in den kommenden Stunden wieder in Papier eingeschlagen, mit Decken umwickelt, alles würde wieder eingepackt und zusammengerollt und vorsichtig im Kofferraum eurer Autos verstaut werden. Ein vollgestopfter Vormittag war nötig, um unseren gesamten Pariser Hausstand zu demontieren, routiniert und eilig, und im Anschluss würden wir nicht, wie es das Ritual vorsah, einen Kaffee trinken, um das Ende unseres Zusammenseins zu markieren, wir würden nicht einmal voneinander Abschied nehmen. »Ist Biek noch im Hotel, um die Rechnung zu bezahlen? Okay, dann sag ihr Tschüss von uns, wir fahren schon mal.«

So einfach, wie wir hier unser Nest zusammenflochten, so einfach konnten wir unseren vorübergehenden Heimathafen auch wieder zusammenpacken und problemlos voneinander Abschied nehmen. Um Abschied zu nehmen, brauchte man ein Ende. Aber es kam jedes Mal wieder eine neue Fashion Week.

Im Park war es ruhig, abgesehen von ein paar Erfolgstypen im Anzug, Typen ohne jede Doppelbödigkeit, die Art von Jungs, die unterwegs sind zu ihrem Erfolgsziel, ohne sich zu fragen, ob dort irgendjemand auf sie wartet oder ob ihnen dieser Erfolg wirklich zusteht. Staub stieb vom Schotterweg hoch. Ich plumpste auf eine Bank. Setzte meinen Rucksack mit meinem Laptop ab, stellte die Papiertüte mit den fettigen Croissants für die Arbeitstiere neben mich auf die Bank und daneben den Kaffeebecher für mich. Und gerade, als ich meinen Laptop aufklappen wollte, um einen digitalen Rundgang durch die neuen Jobangebote zu machen – vielleicht sollte ich doch unterrichten, Postbotin werden, zum Militär gehen –,

sah ich die Nachricht von Biek auf meinem Telefon auf-
leuchten.

»Komm schnell«, stand darin. »Mama ist hingefallen.«

NACKTE ELTERN

Der Anhänger steht vor der Haustür des Wohnkomplexes geparkt. Als wir die Tür öffnen, fegen wir einen Stapel Ordner in den Flur.

Durch unsere Hände gehen das silberne Hochzeitsbesteck, die angeschlagenen graugrünen Teller, die Picardie-Gläser und Gewürzgläser. (Das ist die erste Stunde unserer Aufräumaktion, in der wir noch alle Deckel von den Gläsern abschrauben, um nachzusehen, welche Gewürze wir für zu Hause behalten wollen.) Wir wringen die Geschirrtücher aus, legen die wenigen ohne Löcher zur Seite für eine Nichte, die bald fürs Studium umzieht. Vorsichtig manövrieren wir zwischen Sarkasmus und Ernst. Zwischen Witzen über deinen abgewetzten Teppich und schweigendem In-den-Müll-Werfen. Die selbstentworfene Couch mit Kissen und der kleine Schreibtisch mit dem schwarzen Stift und der militärgrünen Schreibtischlampe landen im Anhänger. Unten sind wir bereits fertig. Du warst nie ein Fan des Kaufens um des Kaufens willen.

Pause im Café ums Eck. Wir trinken Kaffee und teilen uns ein Stück Apfelkuchen und sagen, dass es schneller vorangeht als gedacht.

Wir gehen nach oben, ziehen das Haus weiter aus.

Die Stapel Stoffe, die du aus Indien mitgebracht hast, die bleigraue Tagesdecke, die so typisch für dein Bett ist, die afrikanischen Holzschnitzereien, vor denen wir als Kinder Angst hatten. Sobald wir sie ihren gewohnten Plätzen entreißen und aus dem Haus tragen, sehen wir sie auf einmal als das, was sie sind. Verstaubte Lappen. Verwaschene Laken.

In deinem Arbeitszimmer finden wir einen halbfertigen Pulli, in dem noch die Stricknadeln hängen. Motten stieben aus der Wolle empor. Lange haben wir gehofft, dass du hierher zurückkehren wirst.

Unsere Bewegungen werden ausladender: Der Wertstoffhof schließt um fünf. Kurzerhand leeren wir das Badezimmer in eine Mülltüte; Verpackungen mit Wattepads, mit angebrochener Silberspülung, halbe Lippenstifte und Kajalstifte. In einem Kulturbeutel hinten im Badezimmerschränkchen liegt ein Vibrator mit einem Stecker. Wir wollen Kind bleiben und müssen Erwachsene werden. Wir stopfen ihn in die Mülltüte und waschen uns die Hände.

Die gesamten Unterlagen gehen ohne Durchblättern in einen Weekender, genauso wie die Fotoalben, die Mappen mit Kinderzeichnungen und die Stapel mit Andachtskärtchen und Geburtstagskarten. »Krawallbürste« sagen wir, als wir unten im Schrank ein verblichenes Fax finden aus der Zeit eurer Scheidung. Du nennst unseren Vater darin einen Jammerlappen auf einer Harley Davidson, der die Mutter seiner Kinder zum Flaschenabgeben schickt, um mit dem Pfand beim Basismarkt ein Brot kaufen zu können. Wir stopfen das Fax ebenfalls in den Weekender.

Wir hieven die Couch, das Bett und die Schränke in den Anhänger, wobei ich mehr daneben stehe, als dass ich mitmachen kann. Wir fahren zum Wertstoffhof und kaufen danach Bierdosen für die letzte Runde. Wir stellen vier Umzugskartons und den Weekender auf die Rückbank, die anderen zischen die Bierdosen weg, dann hinterlegen wir die Haustürschlüssel in einem Umschlag für den Makler. Nun da wir fertig sind, wird unsere Eile erst richtig spürbar. Die

Witze sind uns ausgegangen, das Bier macht sich bemerk-bar, das Haus ist zu kahl, nichts wie weg hier.

Ein Loch in deinem Lieblingspulli. Ein verregnetes Gartenfest. Der Sturz ins Bodenlose, wenn sich herausstellt, dass dich jemand betrügt. Der sich auftuende Erdboden, wenn ein Freund dich belügt.

Zugrunde gehen wir nicht an den Dingen, die uns umgeben, sondern daran, wie sehr wir beschlossen haben, unser Herz an Dinge zu hängen.

Häng dein Herz dennoch daran. Klammere dich an deine Liebe. Schlittere immer wieder am Abgrund entlang. Lebe ein tragisches, aber bedeutsames Leben.

ZIEL ERREICHT

Es wurde ein Platz frei im Pflegeheim De Oostergouw in Zaandam, also haben sie im Krankenhaus alle Karten und Fotos von der Pinnwand genommen und in eine weiße Plastiktüte gesteckt, sowie die Ringe, die du trugst, als du ins Krankenhaus eingeliefert wurdest, deine Haarbürste, das Trockenshampoo und die Tube Aesop-Handcreme, mit der wir dich weiterhin eingecremt haben, der schwarze Nagellack, den wir dir weiterhin aufgetragen haben, die kleine Nagelfeile, mit der wir deine Nägel weiterhin gepflegt haben, der aufgeschnittene BH, die aufgeschnittene Hose und der aufgeschnittene Wollpulli, alles haben sie in eine weiße Plastiktüte gesteckt und auf dein Bett gelegt, und so haben sie dich in den Aufzug gefahren, auf eine Trage gehievt und in den Krankenwagen geschoben. »Wiedersehen, Mevrouw, alles Gute in Zaandam«, und vielleicht haben sie dich dabei angesehen, aber vielleicht auch nicht; wir waren nicht dabei. (Und du auch nicht.)

Wir waren in Zaandam, wir hatten in Erwartung deiner Ankunft einen großen Leinenschal über das höhenverstellbare Bett gelegt, wir hatten die Holzvase aus Afrika auf den Nierentisch gestellt mit einem Magnolienzweig darin, wir hatten dein Fernglas an den Fenstergriff gehängt, deine Bergschuhe auf das blaue, marmorierte Linoleum gestellt und dein Weihrauchparfüm von Meo Fusciuni im Zimmer versprüht, und um genau 13:00 Uhr standen wir vor dem Eingang des Pflegeheims, damit du dich nicht verloren fühltest.

Und dann, um 13:04 Uhr, kam der Krankenwagen angefahren, die Türen gingen auf, und da warst du, unsere Mutter auf einer Trage vor der Pflegeeinrichtung De Oostergouw in Zaandam. Noch vor drei Monaten hattest du zusammen mit deiner Schwester mit einer Unterhose auf dem Kopf getanzt, und nun lagst du mit Riemen befestigt auf einer Trage mit einer weißen Plastiktüte zu deinen Füßen und sahst starr nach oben, in den freien Himmel, den du schon so lange nicht mehr gesehen hattest. Die Abteilungsleitung kam auf dich zu und sagte nicht »Hallo, Mevrouw« oder »Willkommen«, sondern fragte, ob wir schon über Sterbehilfe nachgedacht hätten. Nun, da du näher bei uns wohnst, müssen wir uns weniger abhetzen. Du hast dein Ziel erreicht, bist von der Patientin zur Klientin geworden, und ganz allmählich werden wir wieder vom Wecker wach, suchen wir wieder zueinander passende Kleidung heraus, zupfen wir wieder die Haare von der Oberlippe und tupfen Foundation unter die Augen, betrachten wir unseren Hintern kritisch im Spiegel und ziehen verärgert die Augenbrauen hoch, sprechen mit unserem Spiegelbild so, wie du das immer getan hast, jammernd und stöhnend, klagend und trotzig: Schau dir doch nur mal diese schlaksigen Ärmchen an, den traurigen Hintern, die Falten und die herauswachsende Haarfarbe, was für ein Scheißspiegel, lass dir von niemandem etwas weismachen, es wird nicht besser mit den Jahren, nein, Älterwerden ist nicht leicht.

DER VIERTE TAG IN PARIS
(GEGEN ZEHN)

Neun Minuten nachdem Biek mir geschrieben hatte, öffnete ich die Tür des Showrooms. Mir tat die Brust weh vom Beeilen. Nun würde alles schiefgehen. Das wusste ich.

Du lagst auf dem Boden, auf einer Matratze aus Kleidung und einem Stapel Kissen im Rücken. Tijn flößte dir einen Schluck aus einer Kaffeetasse ein, Biek legte einen Schal über deine Beine. Nirgends Blut. Keine Spuren von Verletzungen. Bou sah erleichtert aus, als er mich hereinkommen sah.

»Hier«, sagte er, während er mir sein Telefon entgegenstreckte. »Die Nummer vom Arzt ist schon eingetippt. Wir haben auf dich gewartet. Wir können alle kein Französisch.«

Ich sah Bou, dann dich an. Dein Gesicht konnte ich nicht gut sehen, aber sehr verunglückt sahst du nicht aus. Eher bequem, gut gestützt und luxuriös bedient wie eine griechische Göttin, so wie dieser Dionysos, der Partys liebte. (Da müssten Sie mal bei uns zu Hause vorbeischauen, dachte ich mir, als sich die ganze Klasse an die Übersetzung wagte und Herr Lotgerink fragte, ob jemand wusste, was Bacchanal bedeutete. Eva, meine beste Freundin, streckte den Finger in die Höhe. »Ich weiß es«, besagte dieser Finger, aber ich wusste genau, dass bei Eva stets ein großer Vorrat Sultaninen im Schrank bereitlag als kleiner Pausensnack, und dass sie ein eigenes Tablett hatten für Brotaufstriche, mit einer Packung Vitaminpillen darauf, ich wusste, dass Evas Eltern abends immer kontrollierten, ob alle Zähne geputzt und alle *Donald*

Duck-Hefte aus dem Bett verbannt waren, insofern wusste Eva ganz sicher nicht, was ein Bacchanal war – auch wenn sie gestern Abend die Übersetzung bereits zu Hause vorbereitet hatte, obwohl das gar nicht nötig gewesen war.)

Um die Bedeutung des Wortes Bacchanal zu verstehen, musste man bei uns zu Hause vorbeischauen. Dort standen die Tische voll mit dampfenden Schalen mit indischem Curry, bergeweise Emping-Chips, selbstgemachtem Sambal und Atjar, dort versammelten sich abgehalfterte Künstlerfreunde ohne viele Ambitionen, aber mit einem ausgeprägten Musiktalent, ausgeleierten Akkordeons und abgegriffenen Fender-Gitarren, »Wish You Were Here« von Pink Floyd und »Heroes« von David Bowie, sechs Millionen Zigaretten und bestimmt nochmal so viele unerwünschte Avancen. Und natürlich waren wir auch dort, vom ersten Bacchanal bis zum letzten, und wurden als vollwertige Teilnehmer mitgezählt – von dir, von unserem Vater und auch von all euren Freunden, die am Ende des Abends oft bei uns auf dem Holzboden übernachteten.

»Willst du einen Schluck Whisky gegen den Schmerz?«, fragte Tijn.

Du schütteltest den Kopf. »Das ist mir zu stark.«

Und ich sah dich dort auf dem Boden liegen wie Dionysos und mit einem Mal war es nicht mehr Ausdruck von Verwegenheit, sondern Verletzlichkeit. Wieso war dir das zu stark? Das war genau das, was du am besten konntest. Stark sein. Trotz aller Rückschläge weitermachen. Trotz aller Scherereien weiterwurschteln. Trotz aller Streitereien weitersuchen. Es gab nicht viel, worauf ich zählte, aber auf deine Unverwüstlichkeit schon.

»Ruf du mal den Arzt an«, bat mich Bou noch einmal. »Sag, dass sie gerade von einer hohen Trittleiter gefallen ist.

Dass ihr der Arm und die Hand wehtun. Sag, dass wir unseren Captain kurz durchchecken lassen wollen.«

IN DER SCHWEBE

Wir können das, was geschehen ist, noch immer nicht begreifen.

Der Jahreskalender sieht für deinen schleichenden Verfall keine Zeremonie vor. Keine feste Abfolge in einem bestimmten Zeitraum, keinen Hefezopf oder passenden Psalm. Es gibt nichts, um das, was passiert ist, zu begreifen, zu fixieren, auszudrucken, einzurahmen und ihm neben den anderen Fotos im Regal einen Platz zu geben.

Die Menschen auf den Fotos im Regal feiern ihren Abschluss, prosten sich bei Geburtstagen zu, präsentieren stolz ihr Baby oder liegen in einem Grab. Fixiert werden die Menschen, die richtig leben oder richtig tot sind.

Du bleibst irgendwo dazwischen hängen. Sprachlos im Bett. Formlos verloren.

DER VIERTE TAG IN PARIS
(HALB EINS MITTAGS)

Ungefähr eine halbe Stunde nachdem du im Showroom in
Paris von der Leiter gestürzt warst, rief ich einen französischen Arzt an, und der französische Arzt redete so, wie nie-
derländische Ärzte schreiben: mit großem Tamtam, aber
ohne dass man dem viel Bedeutung entnehmen konnte. Also
hatte ich unter den besorgten Blicken von Biek, Bou und Tijn
ein paar Mal »*oui*« ins Telefon gesagt und nach seinen her-
untergeratterten Ausführungen, von denen ich nur das Wort
»*attendre*« verstand, vorsichtig nachgefragt, ob wir nicht kurz
vorbeikommen könnten. Ich sagte, dass ich meine Mutter gut
kenne, dass sie sonst nicht so schnell über Schmerzen klage
und dass sie nun starke Schmerzen im Arm habe, dass sie
von der Leiter gestürzt sei, nicht schwer, aber aus ziemlicher
Höhe, während sie die Gardinenschienen von der Decke ab-
nahm, *enlever*, wissen Sie, die Schienen mussten runter, weil
wir morgen zurück in die Niederlande fahren, darum waren
wir heute Morgen damit beschäftigt, den Showroom abzubauen, und dabei war sie eben von der Leiter gefallen, und
nun, Herr *docteur*, hat meine Mutter geweint, und glauben
Sie mir, ich habe meine Mutter nur ein einziges Mal weinen
gesehen, und zwar aus Wut, weil sie das Waschbecken in ihrer
Küche selbst hatte kitten wollen und der Kitt nicht trocknen
wollte, und dass das direkt nach der Scheidung war, und dass
sie fand, dass sie zu einer Scheißwohnung verdammt war, mit
einer Scheißküche und einem Scheißwaschbecken, das nicht

mal wasserdicht werden wollte durch diesen Scheißdreckskitt, genau das hatte sie ausgerufen: »Scheißdreckskitt«, und
dann hatte sie die Kittpistole durch die Küche geworfen und
laut losgeheult, und das war zwanzig Jahre her, insofern, wenn
meine Mutter vor Schmerz weint, Doktor, dann stimmt etwas nicht, dann halte ich es für eine gute Idee, kurz bei Ihnen
vorbeizukommen.

Und der Arzt sagte »*oui*«.

BEKANNT

»Wie geht's?«

Damit überfallen sie uns im Gang bei den Waschmitteln, aber es ist lieb gemeint, das wissen wir; früher standen wir auch auf ihrer Seite, der Seite der guten Absichten. Sie kennen uns aus der Nachbarschaft, sie haben gehört, dass, und deshalb sind sie auf uns zugekommen und erschrecken nun selbst darüber, denn wie fasst man Menschen an, die vorübergehend ohne Schutzpanzer sind, welche Worte wählt man, wenn das verfügbare Sortiment von vornherein unzureichend ist?

»Lange nicht gesehen«, füllen sie die Stille, »es war doch irgendwas mit eurer Mutter«, und wir betrachten den Inhalt unseres Einkaufskorbs, es ist noch nicht viel, ein Sack Äpfel und eine Packung Fruchtjoghurt, alles kostet mehr Zeit, nun da wir mit schweren Füßen durchs Leben trotten. Ja, es war was mit unserer Mutter, aber jedes Mal, wenn es in Worte gegossen werden muss, scheint die Sprache, derer wir uns bedienen, nicht zu passen und auch nicht passend gemacht werden zu können.

Ist es schlimm?

Sind wir traurig?

Hegen wir Hoffnung?

»Sorry«, erklingt es von links. Es ist jemand, dem wir im Weg stehen, der vorbeiziehende Einkaufskorb wird etwas zu heftig an unseren Beinen entlanggezerrt. »Sorry«, murmeln wir, alles trifft uns heftig in diesen Wochen: Einkaufskörbe, die Nachrichten, der anbrechende Frühling, unverhoffte Fragen im Waschmittelgang. Noch immer sind die fragenden Blicke auf uns geheftet.

»Wir gehen sie gleich besuchen«, sagen wir nur, dann nicken wir zu den Fruchtjoghurts hinunter: der praktische Rollentausch ist uns inzwischen vertraut, wir kaufen vier Mal pro Woche eine Packung Fruchtjoghurt, mit dem wir dich füttern können, und genau das können wir dann auch berichten: Wir füttern sie mit Fruchtjoghurt. Und ansonsten suchen wir noch immer nach einer Geste oder einem Geräusch, notfalls nach einem Handzeichen, womit wir die Frage danach, wie es uns geht, beantworten können, ohne das Geschehene durch Plattitüden zu beschmutzen.

VIERTER TAG IN PARIS
(FRÜHER ABEND)

Sie hatten dich geröntgt, festgestellt, dass dein Handgelenk gebrochen war, die Knochenenden ausgerichtet und deinen Unterarm eingegipst, sodass wir uns am vierten Tag in Paris zusammen auf einer Bank vor dem Krankenhaus wiederfanden.

Tijn sollte uns mit dem Auto abholen, aber noch waren wir zu zweit, zwischen uns eine Plastikflasche Perrier, aus der wir beide tranken, und eine Tüte Paprikachips, in der du mit deiner guten Hand wühltest.

»Hast du nicht Angst?«, fragte ich und zeigte auf das Gipsungetüm an deinem Arm. »Ich meine, macht dir so ein Sturz wie heute nicht furchtbare Angst?«

Du starrtest vor dich hin. Vor uns lag eine vielbefahrene Straße, wo ich jede Minute Menschen nur knapp dem Tod entrinnen sah: Fahrradfahrer, die haarscharf an Bussen vorbeirasten; Schüler, die ohne zu schauen über die Straße rannten; Taxifahrer, die mit zwei Handys unters Kinn geklemmt über den Asphalt schlingerten. Du fandest, das sei mal wieder eine typische Frage von mir. Das erkannte ich daran, wie du die Stirn runzeltest und entschieden den Kopf schütteltest.

»Diese Verletzlichkeit«, setzte ich noch einmal an. Ich merkte, dass ich gehetzt sprach, dass ich deutlich erschrockener über den heutigen Vorfall war als du. »Die Verletzlichkeit deines Körpers. Macht dir das gar keine Angst? Das ganze Firmenimperium, das du dir aufgebaut hast – die Kollektionen, die überall auf der Welt ausliegen, dein Agent in Asien, dein Agent in Europa, die vier Wochenenden im Jahr, wenn du einen Showroom anmietest, das vollgestopfte Atelier in Breda und die Hypothek auf deine Wohnung – all das beruht auf diesen beiden Händen: auf diesen zerbrechlichen Körperteilen, von denen eines aufgrund eines dreifachen Bruchs nun komplett eingegipst ist. Ein einziger lächerlicher Sturz, Mama, und schon kann alles vorbei sein.«

Du stecktest dir eine Handvoll Chips in den Mund und riebst mit dem Gipsungetüm an deinem Oberschenkel. Zu warm. Zu kribbelig. Jetzt schon.

»Kannst du mir mal mein Handy aus der Tasche holen?«, fragtest du. »Ich verstehe nicht, wo Tijn so lang bleibt.«

Ich griff in deine Tasche, und du nochmal in die Chipstüte, ich schaute auf dein Display, und du zu mir.

»Und?«

»In zehn Minuten, schreibt er. Und dass wir direkt zum *Chez Nenesse* weiterfahren. Er will uns an unserem letzten Abend zu Schnecken in Kräuterbutter einladen.«

»Der ist selbst so eine Schnecke in Kräuterbutter«, sagtest du. »Dieser Schlawiner.«

Dann mussten wir beide lachen.

»Ich weiß ja«, begannst du, »dass du dich und alle Menschen, die du liebst, gerne in Watte packen würdest. Aber Stürze und Wunden lassen sich nun mal nicht vermeiden, oder Enttäuschungen, die so groß sind, dass es zwanzig Jahre später immer noch wehtut. Das nackte Leben hält immer auch Verletzungen bereit, das musst du einfach akzeptieren, denn in Watte gepackt kannst du weder tanzen noch ausgehen, rennen oder lieben. Damit kannst du auch nicht mitten im Leben stehen, dort, wo Späne fallen, aber auch das Glück zu finden ist.«

»Glück«, sagte ich. »Was für ein lächerlicher Begriff.«

»Hab doch mal ein bisschen Vertrauen«, meintest du. »In die Menschen um dich herum. In deine Fähigkeiten. Wenn ich die fünf Schlauesten aus unserer Familie auflisten sollte, stündest du bei mir mit Abstand ganz oben, ja mehr noch, du würdest bei uns allen ganz oben auf der Liste stehen, naja, außer bei Tijn, der würde sich wahrscheinlich selbst auf Platz eins setzen oder vielleicht mich, aber auch nur, weil er sich in meinem Auto eingepisst hat und noch was gut zu machen hat.«

Ich winkte. Da kam der Schlaueste der gesamten Familie angefahren.

»Taxizentrale!«, rief er über den Verkehrslärm hinweg. Er hatte das Auto quer auf einer Verkehrsinsel geparkt, woraufhin ihn ein wütender Busfahrer laut anhupte.

»Viele Frauen müssen einen Gang hochschalten, wenn sie Mutter werden«, sagtest du, während du versuchtest, mit der guten Hand den Deckel auf die Flasche Perrier zu schrauben. »Aber in deinem Fall wäre es gut, wenn du ein paar Gänge runterschalten würdest. Es wäre schön, wenn du die Schwangerschaft zum Anlass nehmen würdest, ein bisschen weniger zu bemuttern. Dich weniger um andere zu kümmern. Etwas weniger vorbildlich zu leben. Und mit weniger Selbstdisziplin. Nichts ist so uninteressant wie Perfektion.«

Beide standen wir auf. Du hattest es geschafft, die Flasche mit einer Hand zuzudrehen und in deiner Tasche zu verstauen. Tijn winkte mit der Kippe aus dem Autofenster.

»Na komm, gehen wir Schlawiner essen.« Du warfst dir mit dem Gipsarm die Tasche über die Schulter und stapftest mit deinen Siebenmeilenstiefeln zum Auto.

Ich warte auf meinen Vater auf der Terrasse des Cafés De Wit.

Vor anderthalb Jahren haben wir uns schon einmal hier getroffen, auf dieser Terrasse. Damals wartete er auf mich, draußen unter einem Sonnenschirm, und sah patent aus mit seinen Timberland-Schuhen, seinem Marlboro Classics-Hemd und seiner Jeans von Hugo Boss: die teuren Überbleibsel eines versoffenen Lebens, genau wie das Kristallservice, die Karel Appel-Gemälde, die antike Kirchenbank und die Sammlung chinesischer Vasen, die wir an jenem Vormittag aus seinem Haus getragen und in den Umzugswagen gewuchtet hatten. Ziel: Easybox Lagerzentrum.

Ich hatte mich beeilt, noch im Gehen die Staubflusen aus meinen Haaren und von meinem Shirt gezupft.

»Hallo Pap«, hatte ich gesagt und ihm einen Kuss auf die Wange gedrückt. Er hatte vor sich hingestarrt, eine Zigarette angezündet und einen Schluck von seinem Tomatensaft genommen. Er hatte bereits vor Monaten aufgehört zu trinken, aber der Umzug an diesem Tag hatte ihm den unwiderlegbaren Beweis geliefert, dass es zu spät war, dass das Leben ihm bereits durch die Finger geglitten war. Seit er aus unserer Familienwohnung ausgezogen und in ein freistehendes Haus am Wasser gezogen war, hatte ihm niemand mehr Einhalt geboten. Außerdem: Gegen die Trauer um das gescheiterte Familienglück konnte man sowieso nicht antrinken. Auch wenn er das vehement versucht hatte.

Erst waren die Auftraggeber allmählich abgesprungen,

dann die Freunde, schließlich sein einziger Bruder. Und obwohl er dank der Unmengen an Geld, die er angehäuft hatte, lange den Schein aufrechterhalten konnte – er hatte getrunken, aber die Hypothek bezahlt, er hatte getrunken, aber
die Versicherungen gezahlt, er hatte getrunken, aber Thun-
fischsalat und frischen Saft geholt, wenn wir vorbeikamen –,
letztendlich war der Brunnen versiegt und die Fassade seines Lebens doch abrupt weggebrochen.

Es standen mehr Rechnungen offen als man begleichen
konnte. Und darum hatte die Bank ihm das Haus wegge-
nommen.

»Eine kafkaeske Rufschädigungskampagne«, hatte er über
die Zwangsräumung gesagt. »Ich gehe nirgendwo hin.«

Und so hatten wir uns am Tag der Zwangsversteigerung
vor seiner Haustür versammelt. Biek, Bou, Tijn und auch du;
gemeinsam hatten wir das moderne Haus ausgeräumt, in das
er nach der Scheidung gezogen war und wo er die Treppe
heruntergefallen war, wo er die sündhaft teure chinesische
Vase umgestoßen hatte, wo er auf dem Teppich eingeschlafen
war und wo er den Wein aus Kaffeetassen getrunken hatte.

»Das Ausmaß dieses Irrsinns spottet jeder Beschreibung«,
hatte er gesagt, während er, die Arme übereinandergeschla-
gen, zugesehen hatte, wie wir sein Hab und Gut nach draußen trugen. Und dann hatte er sich auf die Terrasse vom Café
De Wit gesetzt.

Das letzte Mal, als ich mit meinem Vater auf dieser Terrasse saß, war der Tag, als er auf der Straße landete. Nach der
Räumung seines sündhaft teuren Hauses botest du ihm einen
Unterschlupf in deiner engen Wohnung an. Nach einem halben Jahr hattest du ihm ein Zimmer in einem Wohnkomplex
bei dir um die Ecke gemietet und ihm angeboten, künftig
jeden Tag mit dir ins Atelier zu gehen.

»Um mir zu helfen«, sagtest du zu ihm.

»Um ihm zu helfen«, sagtest du zu uns.

Und so blieb er ein fester Bestandteil in deinem täglichen Dasein und eine Randfigur in unserem.

»Wo warst du«, übe ich ein, während ich auf seine Ankunft warte. »Wo warst du, als Mama eine Hirnblutung erlitt?«

BERGSCHUHE

Vier Monate später, der Frühling zeigt sich in voller Pracht und dennoch hast du Bergschuhe an. Unverwüstliche Exemplare sind das, eine Ausführung in braunem Leder mit roten Schnürsenkeln, die du am Tag nach dem Kauf mit einem schwarzen Marker angemalt hast. Sie stehen seit Jahren in deinem Schrank. Stammen noch aus der Zeit, als du uns jeden Sonntag in den Wald gezwungen hast, unter dem Vorwand, dass ein bisschen frische Luft uns guttun würde. (Wir konnten zetern so viel wir wollten. Selbst wenn Tijn gerade mit Lego spielte. Und Biek mit den Barbies. Auch wenn ich in meinem Zimmer an die Heizung gelehnt ein Buch las und Papa im Bett die Zeitung, neben sich einen Teller mit einem Avocado-Toast. Es hieß angetreten und abmarschiert, wenn du vom Flur aus die Treppe hinauf riefst, dass es mit dem Faulenzersonntag nun vorbei sei. Niemand von uns kam auf die Idee aufzumucken.)

Wir zogen unsere Pyjamas aus, die Kleidung an, die Stiefel an, und wenn wir runterkamen, standest du schon bereit, die Chefin des Wandervereins mit Wollpullover und warmer Hose. Im Wald fordertest du unseren Vater zu einem kleinen Wettrennen heraus. Das gewinne ich mit links, riefst du dann, aber Papa hat jedes Mal gewonnen.

Außer durch die Wälder von Brabant liefst du mit diesen Bergschuhen auch über die Märkte von Indien (woher du silberne Ohrringe für mich mitbrachtest), durch die Wüsten von Oman (woher du Reiseberichte per Fax verschicktest) und entlang der Flüsse Ghanas. Du trugst sie auch in Paris. Lieber noch hättest du natürlich Dries Van Noten oder Ann Demeulemeester getragen. Aber das Geld ging stets für die Kollektion drauf und eine einigermaßen chaotische Buchhaltung. (Letzteres durften wir nicht aussprechen.)

Heute hast du Bergschuhe an, denn wir müssen aufpassen, dass deine Füße nicht über die Steine schleifen. Manchmal fallen sie von den Fußstützen, was bestimmt an unserer mangelnden Fahrübung liegt. Mit unsicherer Hand schieben wir dich über die Straße und stoßen viel zu heftig gegen die Bordsteinkante. Wir müssen darüber lachen. Aber du weinst, weil du so erschrickst.

AUF DEM RÜCKWEG VON PARIS

Auf dem Rückweg von Paris hattest du Jan eine Whats-App-Nachricht geschickt.

»Ein Foto. Von einem schönen Wochenende. Wir haben dich vermisst. Hoffentlich ist durch deine Abwesenheit in Paris wenigstens ein hübsches Zimmer für euer Kind herausgesprungen? Bin schon gespannt, wie du es finden wirst, mit so einem kleinen Wirbelwind. Hoffentlich mit etwas weniger Temperament als Oma.

Alles Liebe.«

Aber das erzählte Jan mir erst sehr viel später.

Nein.

Der Arzt, der dich vorigen Monat bereits mit einer Sterbe-hilfeerklärung willkommen hieß, schüttelt den Kopf und ver-sucht, den Blick der Sozialarbeiterin zu erhaschen. Das sind sie, besagt dieser Blick. Das sind die Nervensägen, von denen ich erzählt hatte. Schwierig zu kämmende Igel sind das, aber schau nur her, ich zeig dir, wie man das macht: Es ist wich-tig, zuerst kräftig die Zügel anzuziehen und danach verständ-nisvoll den Ärger und die Trauer abzufangen. Klare Kante, darum geht es, klare Kante und moderates Mitleid, also sagt man: »Nein, tut mir leid, aber es ist absolut undenkbar, dass Ihre Mutter Ihnen mittels Zeichen versucht mitzuteilen, dass sie noch da ist, aber das nicht äußern kann.«

Wir müssen keine Blicke wechseln. Die Gespräche, die wir mit den Ärzten führen, lassen sich inzwischen genauso vor-hersehen wie das Interieur der Räume, in denen sie stattfin-den: streng budgetiert, festen Richtlinien folgend und mit ei-ner Taschentuchbox auf dem Tisch. Und es stimmt, wir sind Nervensägen, so sind wir genetisch zusammengeschraubt, so wurden wir erzogen. Genau wie der Arzt schrecken wir nicht vor zerzausten Igeln zurück.

Wir wissen, was Sie damit sagen wollen, sagen wir des-halb. Aber wir sehen, wie sie auf Fragen hin nickt. Manchmal kommt ein Ja, wenn es ein Nein sein müsste, und manchmal kommt ein Nein, wo es ein Ja sein müsste, aber manchmal ist es auch Ja, wenn es Ja sein muss, zum Beispiel, als wir sie fragten, ob sie sich erinnert, dass sie bald Oma wird. Wir haben jeden Tag festgehalten, hier steht alles, was sie tut, wie sie es tut, warum wir denken, dass sie es tut. Sie nimmt das Glas von uns entgegen, wenn wir ihr Wasser geben, klemmt gierig ihre Lippen um den Trinkhalm, und wenn wir sie dann Schluckspecht nennen, lacht sie ein wenig. Sie zieht ständig die Sonde aus ihrer Nase.

Reflexe, sagt der Doktor. Mit Bewusstsein habe das rein gar nichts zu tun. Dann werden die Unterlagen zusammengerafft und uns majestätische Hände entgegengestreckt.

Da sitzen sie hoch oben auf dem Thron mit ihren Ärztediplomen. Unten quälen sich die vergeblich Hoffenden herum, die blinden Propheten, die verzweifelten Kinder.

MUK

Die Fruchtblase platzt, und zum ersten Mal seit fünf Monaten trittst du in den Hintergrund.

»Helles Fruchtwasser, keine Muttermundöffnung, keine Wehen«, sagt die Hebamme und uns fährt der Schreck in die Glieder: die fiesen Krämpfe, die ich bis jetzt brav gemäß dem Geburtsvorbereitungskurs weggeatmet habe, läuteten in unseren Augen eine rasche Entbindung ein. Aber die Hebamme packt ihre Geräte wieder ein und sagt: »Ich würde versuchen, noch einmal eine Runde zu schlafen.« Wie eine unzuverlässige Rettungsboie treibt sie aus unserer Wohnung davon.

»Ich werde Mama anrufen«, sage ich.

»Lass uns spazieren gehen«, sagt Jan.

Wir ziehen Gummistiefel an, damit wir uns nicht bücken müssen, ziehen einen Pullover über unsere Pyjamas und so schwanken wir in die Nacht, eine sanfte Nacht ist es, das Wetter spielt mit.

Wir halten uns an den Händen und fragen ab und zu: »Sollen wir hier rüber?« und »Sollen wir hier lang gehen?« Ansonsten schweigen wir. Es muss nichts gesagt werden, denn irgendwann in den kommenden achtundvierzig Stunden wird ein Kind geboren, und das sorgte dafür, dass die Cafés, die bei uns an allen anderen Abenden Unmut weckten – wie konnte jeder dort ungeniert Spaß haben, während du im Pflegeheim De Oostergouw auf einer Plastikmatratze hochgebettet lagst –, nun verborgen zu sein scheinen hinter dem Plexiglas: die Vorwürfe dringen nicht durch, die Geräusche sind weit weg. Und die Restaurants, die uns an allen anderen Tagen wütend machen – womit hatten sie dich heute Abend gefüttert? Schnitzel mit Gemüsefantasie? –, stellen heute Abend keine Beleidigung dar: Sie bilden lediglich noch die Kulisse zu einem alles überstrahlenden Ereignis. Selbst das Auto, das uns die letzten Monate mehrfach die Woche zum Pflegeheim gefahren hatte und das so symbolisch war für die physische Überbrückung von einem Leben mit einer komplizierten Mutter hin zu einem komplizierten Leben mit einer kranken Mutter, verursachte keine Panik. Es war einfach nur noch das Auto, mit dem wir schnell ins Krankenhaus fahren mussten.

»Ich versuche, nah an unserer Haustür zu parken«, sagt Jan, als wir fast zu Hause sind. Und das tut er, und sobald wir zu Hause sind, setzen die Wehen ein, und mit jedem Anstieg der Schmerzen nimmt die Welt ein wenig ab: mit den Händen meinen Bauch stützend laufe ich durch das Zimmer, Jan zählt die Minuten, und langsam wird die Kerze auf dem Kaminsims, die wir jeden Abend für dich anzünden, unsichtbar, verschwindet die Parfümflasche, die du mir das letzte Mal in Paris geschenkt hast und die ich nicht anzurühren wage, weil ich nie wieder ein Geschenk von dir bekommen werde, der Besuchsplan auf dem Tisch verschwindet und auch die Verkaufsbroschüre für dein Haus, genau wie das Obst in der Obstschale, die schmutzige Kleidung im Wäschekorb und die Jacken, die jedes Mal neben dem Garderobenständer landen, ich laufe vorbei und alles verschwindet, die Alltagssorgen, die Staubflusen unter der Couch, der Abwasch und die Fotos an der Wand, Jan verschwindet und sogar du, zum ersten Mal seit fünf Monaten verschwindest auch du aus meiner Sicht, bis ich allein bin mit meinen Füßen, die mich Wehe um Wehe durch die Wohnung tragen.

»Du musst sie nach Mama benennen«, sagt Biek, als sie

am nächsten Morgen das neugeborene Mädchen anschauen kommt.

»Das wäre ein Todesurteil«, sage ich.

»Für wen?«

»Für alle beide«, sage ich.

Und wir nennen das Mädchen, das mich zur Mutter macht, Muk. Der Name, den du mir hattest geben wollen, aber den mein Vater zu exzentrisch, zu unangepasst gefunden hatte.

~~Reden ist Silber, Schweigen ist Gold.~~ Reden ist Silber, und Reden ist auch Gold.

Denn nur, indem man Emotionen und Umstände systematisch benennt und detailliert analysiert, kann man Missverständnisse aufdecken und wahrhaftig miteinander in Kontakt treten.

Sag einer Freundin, dass es zu erwarten war, dass ihr Mann fremdgeht, nachdem sie die ganze Ehe lang herumgenörgelt hat. Frag deine Tochter, ob sie nicht vielleicht einfach nur Angst hat, etwas aus ihrem Leben zu machen.

Die sprachliche Sense muss frei mähen. Ein gutes Leben ist ein ausgesprochenes Leben.

Findet sie jedenfalls. Denn ~~Vorsicht ist die Mutter aller Weisheiten~~ sie ist die Mutter aller Weisheiten.

VERRÜCKT

Wir hatten es richtig erkannt, du warst sehr wohl die ganze Zeit da. Drei Monate nach deiner Entlassung aus dem Krankenhaus haben sie bei einer Kontrolle einen Wasserkopf entdeckt und diesen daraufhin operiert; sie haben eine Drainage in deinem Kopf gelegt und seither hat sich dein Bewusstsein vergrößert. Du kannst ein paar Worte sagen, du bewegst deinen rechten Arm, du deutest auf deinen Mund, wenn du Hunger hast, und ansonsten wirst du nur noch Runden über den blauen PVC-Boden in deinem Zimmer im Pflegeheim De Oostergouw gefahren, während du Blumen aus der Vase ziehst, Orangensaftgläser über deinem Schoß entleerst, während du in Handtücher beißt und in sämtliche Arme, Finger und Wangen in Reichweite. Die Pflegekraft traut sich bereits seit Tagen nicht mehr in dein Zimmer.

Der Krisendienst zum Glück schon. Gleich zu viert kommen sie herein, einen ledernen Arztkoffer im Anschlag und einen roten Koffer mit einem Kreuz darauf. Zuerst fragt uns die Krisenärztin, wie es uns geht (»Schön, dass Sie da sind«, antworten wir), und danach fragen sie dich.

»Mevrouw?«

(Du siehst sie ausdruckslos an.)

»Wie geht es Ihnen?«

(Du rollst zu Biek und gibst ihr einen Klaps gegen den Kopf.)

Hat die Pflegekraft wirklich gesagt, du könntest nicht antworten?

Biek reibt sich enttäuscht über den Schädel. Tijn sitzt still auf seinem Stuhl und blickt auf das Linoleum am Boden. Niemand von uns traut sich noch laut zu fragen, was das Richtige zu tun ist. Was wir richtig gemacht haben.

»Wie geht's?«, fragt die Krisenärztin erneut. Sie sieht sich im Zimmer um, während wir versuchen, treffende Worte dafür zu finden, was wir die letzten Tage in diesem Zimmer gesehen und erlebt haben – der Föhn im Waschbecken, das Brotmesser zwischen deinen Bettlaken, wie du beißt, schlägst und spuckst vor Angst und wie wir uns derweil immer mehr in die Haare kriegen: Ist es Todeswunsch oder Todesangst? Was versucht sie uns mitzuteilen?

Während wir nach ausreichendem Überlebenswillen suchen, sieht sich die Ärztin vom Krisendienst ruhig um und kritzelt zwischendrin etwas auf ein Stück Papier. Den Zettel legt sie auf dein Nachtschränkchen, neben die Kotztüte, den Alarmknopf und ein halbes Käsebrötchen. Es ist ein Rezept für Clozapin; ich google es, während die Ärztin ihre Formulare wieder in ihrer Tasche verstaut. Die Visite hat gerade mal drei Minuten gedauert.

»Clozapin?«, frage ich. »Hier steht, dass das gegen Halluzinationen und Suizidalität hilft? Sie tun alle so, als sei sie verrückt. Reden Sie mit ihr. Fangen Sie irgendeine Form von Therapie mit ihr an.«

Aber der Krisendienst ist schon auf dem Weg zur Tür. Sie haben ein volles Programm, es rutschen dieser Tage wieder mehr Menschen in die Abnormalität ab.

»Clozapin stellt Ihre Mutter ruhig«, erklärt die Ärztin auf der Türschwelle. »Es hilft gegen Wahnvorstellungen, gegen das Einbilden großer Gefahr.«

»Wahnvorstellungen?«, fragt Biek. »Sie bildet sich doch nichts ein? Natürlich fühlt sie sich in Gefahr. Sie ist wach geworden in einem Körper, der ihr den Dienst verweigert, sie ist wach geworden und kann in ihrem Kopf all die Worte, mit denen sie früher ihre Wünsche, Wut und Verzweiflung ausdrückte, nicht mehr finden, egal wie sehr sie auch sucht und egal wie lange andere sie auch anstarren. Gerade eben hat sie uns noch bedeutet, sie müsse aufs Klo, und als wir sie unter den Achseln hochhoben, traute sie sich nicht mehr runter, aber sie traute sich auch nicht weiter rauf, und wir versuchten sie unter den Achseln festzuhalten, und sie schwebte auf ihren beiden Wattebeinen, die sie bislang stets einfach trugen, und dann geriet sie so in Panik, dass sie einfach alles laufen ließ.«

Während sie das sagt, blicken wir alle drei auf unsere beschmutzten Hosenbeine hinab. Die Krisenärztin zieht den Reißverschluss ihrer Jacke zu.

»Für Ihre Mutter gibt es keine Behandlung mehr, abgesehen von Medikamenten«, sagt sie, während sie am Rollstuhl vorbei zu uns sieht. »Therapien kommen nur für Menschen infrage, die noch kommunizieren können. Wenn jemand nicht kommuniziert, können wir nichts tun.«

DER ERSTE GEBURTSTAG OHNE DICH

Der Dampf beschlägt die Fenster: kochende Suppe, überschwappende Gläser, kondensiertes Gegacker über Schwangerschaften und Schwimmunterricht. Air singt zum vierten Mal »Sexy Boy«. Die Nachbarn klingeln schon zum zweiten Mal wegen des Lärms.

»Fela Kuti! Leute, wie könnt ihr da noch ruhig sitzen bleiben?«, riefst du voriges Jahr an der Stelle, wo nun zwei Freundinnen darüber diskutieren, ob man einem sechsjährigen Kind Ohrlöcher stechen darf.

»Ich will Chips«, schreit eine kleine Nichte.

»Erst einen Löffel Suppe«, ködert sie ein Onkel.

Und so wuchert die Feier einfach über deine Abwesenheit hinweg.

ZU BESUCH IN ZAANDAM

Elf Gläser Wasser finden wir.

Vier hinter dem Vorhang, zwei unter dem Tisch, der Rest in Reichweite deines Bettes. Du schaust panisch, als wir reinkommen, deutest auf die Gläser und auf deinen Mund. Du liegst auf nassen Bettlaken.

»Wie geht es dir, Mam?«, fragen wir aus Gewohnheit, aber nun teilen wir nicht mehr dieselbe Sprache, und als Antwort bleibt nur das Offensichtliche übrig; das Zimmer, in dem wir dich besuchen, das übersät ist mit Spuren, die uns Auskunft darüber geben, wie deine Tage verlaufen.

Ob du oft Angst hast.

Wie sie dich pflegen.

Ob ab und zu noch Freunde vorbeikommen.

Wir streicheln dir über die Stirn und fahren den Rollstuhl an dein Bett. Erst Wasser, gestikulierst du, und wir greifen nach dem nächstgelegenen Glas. Du trinkst es in einem Zug leer und streckst es uns dann fordernd entgegen. Vollmachen, sofort, und dann wieder zurück auf den Boden stellen. Nicht dort, dirigierst du, sondern ein kleines Stückchen mehr nach rechts. Wir heben dich in den Rollstuhl. Sie haben dir heute keine Unterwäsche angezogen. Tijn hat dich noch nie so entblößt gesehen.

Im Bad befeuchten wir einen Waschlappen mit warmem Wasser. Auf dem Waschbeckenrand stehen vier Gläser Wasser und auch neben dem WC stehen zwei. Wir beziehen das Bett neu, kratzen die Kacke vom Bettgestell und den Joghurt von deiner Wange. Frische Luft würde dem Zimmer guttun, aber sie lassen die Fenster geschlossen. Sie haben Angst, dass die Menschen krank werden.

Wir rollen dich zum Fenster, für die Aussicht auf den Innenhof mit Garten, aber du willst die Wassergläser im Blick behalten. Wir stellen deinen Rollstuhl mitten ins Zimmer, mitten in deinen selbst eingeschenkten See aus Wasser, wir küssen dich zum Abschied und schalten die CD von Nick Cave ein. Abends lesen wir deinen Online-Pflegebericht.

»Mevrouw ist zum Karnevalsnachmittag runtergegangen«, steht dort.

Wortlos versammeln sich alle an einem Deich, wenn dieser zu brechen droht. Die Aufgaben werden problemlos verteilt und die Sandsäcke einmütig weitergegeben; solidarisch wird gemeinsam an der Aufrechterhaltung der Wasserwehr gearbeitet, damit das Gemeinschaftsgut nicht überflutet wird.

Nur so bleibt der Deich ganz, wird das Wasser bezwungen.

Wo man einander im Stich lässt, auf dem Gebiet der individuellen Überzeugungen, Zweifel und Urteile, dazu kommt man erst wieder, wenn es gemeinsam geglückt ist, die Gefahr abzuwenden. Eines Tages spürt man, wie man in Rage gerät, wegen dieses Idioten, der nach jedem Sandsack erstmal eine Zigarette rauchen musste. Eines Tages begreift man, dass man eigentlich keine Lust mehr hat, den herumkommandierenden Nachbarn zu sich zum Kaffee einzuladen.

Erst wenn die Krise bewältigt ist, kommen Zweifel auf über die Art, wie der Deichdurchbruch verhindert wurde. Hat jeder gleich viel Sand geschaufelt? Wer hat sich am häufigsten nasse Füße geholt? Und wer hat eigentlich darauf bestanden, dass der Deich bestehen bleibt?

TERRASSE

Im Pflegeheim De Oostergouw lockt der Sommer die Menschen zwar nach draußen, aber es gibt nicht die ohrenbetäubende Geräuschkulisse, das unbändige Lachen, nicht die kreischenden Kinder und das Scharren von Terrassenstühlen. Ab und zu ratscht ein Feuerzeug, ansonsten scheint die Sonne schweigend auf eine vollgeparkte Terrasse.

Dort klirrt glücklicherweise Glas auf einem Tablett.

Vier Gläser Wein, ein Apfelsaft und ein Bier.

»Ja, die sind für uns, danke.«

Das Abstellen der Getränke und der Nüsse, unser Heben der Gläser: Kurz scheint es, als sei alles halb so wild. Wir sitzen hier doch schön zusammen, das Clozapin hat dich ruhiger gemacht, und die Räder deines Rollstuhls verschwinden komplett unter der Tischplatte. Anstoßen wollen wir, auf dich, und heben unsere Gläser, wir mit rechts, du einigermaßen gehandicapt mit links. Der erste Schluck erfolgt still, so wie alle ersten Schlucke nach dem Zuprosten still getrunken werden. Siehst du, alles halb so wild.

Und dann zeigen wir dir stolz Muk und erzählen von der bevorstehenden Reise nach Paris. Von den neuesten Kollektionen von Biek und Tijn und der Frage, die bleibt, was deine Kollektion anbelangt. Später kaufen wir zusammen einen Bauernhof, versprechen wir, auf dem du dein eigenes Atelier bekommst. Du nickst begeistert und mit ausladenden Gesten und stopfst dir eine Hand Nüsse in den Mund und daneben.

»Schöne Dinge!«, sagst du.

Wir erzählen von deinen Freunden, davon, wer sich scheiden lässt, wer noch immer zu viel trinkt und warum, und du schaust den Vögeln in der Voliere ein Stück entfernt zu.

Die Gläser leeren sich, deine Wangen röten sich immer mehr. Du zupfst nun schon zum siebten Mal an deinem Ärmel, streichelst andauernd über die Struktur des Stoffs. Denkst du daran, wo der Pullover herkommt? Beurteilst du die Qualität der Wolle? Oder pflügst du dich bereits seit einer Stunde durch ein Labyrinth aus Geräuschen, Gefühlen und Gesichtern, vergeblich auf der Suche nach einem Zusammenhang und einer Bedeutung? Ist der Pullover ein Punkt, an dem du dich ausruhst?

»Schöne Dinge« sagst du, und wir rollen deinen Stuhl nach hinten. Über die volle Terrasse schieben wir dich zurück nach drinnen. Die Sonne scheint noch immer, überall ist es still. Du musst zu Tisch, es wird Haschee mit Rotkohl serviert.

BEDEUTUNG

Eine Geburt wird erst dann zur traumatischen Erfahrung, wenn man davon erzählt, nicht einmal, sondern immer wieder, den eigenen Freunden, den Nachbarn, der Hausärztin, die man eigentlich wegen einer entzündeten Brust aufsucht. »Wie geht es Ihnen sonst so?«, fragt sie, sie weiß ein wenig darüber Bescheid, was die letzten Monate bei uns zu Hause ablief, und schon hört man sich selbst wieder davon anfangen, die Geburt, man zerrt sie an den Haaren herbei und sagt: »Naja, ehrlich gesagt, eigentlich ist alles bestens, aber oh Mann, die Geburt hat mir echt zugesetzt, diese fiesen Schmerzen, der vergebliche Ruf nach Betäubungsmitteln, der unangekündigte Schnitt, sich dem allen gezwungenermaßen ausliefern zu müssen, der totale Kontrollverlust, damit kam ich so gar nicht zurecht«, hört man sich sagen, ein Akt mittelalterlicher Barbarei, ich schlafe manchmal immer noch schlecht deswegen, das hat was mit mir gemacht, ständig aufs Neue erzählt man das, selbst wenn man weiß, dass die eigenen Freundinnen vor einem auch schon Kinder zur Welt gebracht haben, ganze Volksstämme einem vorangegangen sind, es bereits seit Millionen von Jahren Mütter gibt und es bei all diesen Müttern derselbe Schmerz war, genauso hart gezerrt und gezogen wurde, und es nicht bei jedem eine so unvergessliche Scheißerfahrung war wie bei einem selbst. Wie die Münze fällt, hängt nicht nur davon ab, was vorfällt, sondern auch von dem Kopf, in dem das Vorgefallene eingeordnet werden muss, die Bedeutung offenbart sich erst, wenn die

Münze gefallen ist, wenn die Münze das gesamte Denksystem im eigenen Kopf durchlaufen hat, wenn sie mit allen früheren Erfahrungen, Überzeugungen und Verletzungen in Berührung gekommen ist, wenn Zeit vergangen ist, wenn die Worte eine Erzählung daraus stricken konnten.

»Und Ihre Mutter?«, fragt die Hausärztin. »Wie war es ohne Ihre Mutter?«

Und ich sage, dass du vor ein paar Wochen erneut operiert wurdest, dass du einen Wasserkopf hattest und sie nun eine Drainage in deinem Schädel gelegt haben. Ich sage, dass »gottverdammt« das erste Wort war, das wir dieses Jahr aus deinem Mund gehört haben. Und dass du manchmal auch »Schöne Dinge« sagst.

Die Bedeutung offenbart sich erst hinterher. Gottverdammt und manchmal schöne Dinge.

BESSER

Die Menschen kehren für uns um, sie überqueren extra für uns die Straße.

Wer sich hinter einer sabbernden Behinderten schart, rollt den Teppich aus für Ungemach, das abgemildert werden muss. Für Unheil, das beschworen werden muss. Es ist an uns, Trost zu spenden.

»Ich habe gehört, es geht ihr wieder ein wenig besser.«

Und sie streicheln über ihr Haar und über sie, reden über ihren Kopf hinweg. Sie hätten gehört, es ginge ihr wieder ein wenig besser.

Und wir sagen: »Ja, schon, sie schläft besser, sie erkennt uns inzwischen, sie lacht sogar, deutet auf Fotos, gestern saß sie auf dem Bettrand und manchmal isst sie sogar selbstständig.«

Das Püree, den Fisch, die Erbsen.

Und oft auch die Serviette.

DIE HÖLLE

Mit dem Atmen beginnen wir erst nach dem Durchtrennen
der Nabelschnur. Wir leben erst aus eigener Kraft ab dem
Moment, da die Schere durch die glibberige blaue Nabelschnur schneidet, geräuschlos fast, *Glibberschnitt*, und dann
geht's los: Wir werden abgenabelt und atmen ein, wir werden
entbunden und bekommen Luft, wir leben zum ersten Mal in
vollen Zügen, weil wir danach greifen können, wer wir sind,
ohne unsere Eltern.

Das ist es nicht, was Sartre meint, wenn er davon schreibt,
dass die Hölle die anderen sind, aber das ist es natürlich, was
er meint: Die Hölle, das sind nicht einfach nur die anderen,
die Hölle, das sind unsere Eltern, das waren seine Eltern, das
sind alle Eltern auf der Welt. Die Hölle, das ist die Objekti-
vierung, in der wir von Geburt an gefangen sind und wovon
wir uns ein Leben lang zu befreien suchen; die Hölle ist das
andauernde und allgegenwärtige Urteil der anderen – und
wer urteilt unerbittlicher und einflussreicher über uns als
unsere Eltern?

Wir sollen nicht so einen Aufstand machen, wenn Besuch
da ist, wir sollen nicht wie die Tiere schlingen, wenn wir bei
Oma am Tisch sitzen, wir sollen nicht so herumlungern beim
Geigenvorspiel, wir sollen uns genauso sehr fürs Gymnasi-
um anstrengen wie unsere Freundinnen, wir sollen uns nicht
mit unseren dicken pubertierenden Hintern in enge Jeans
zwängen, wir sollen nie Augen UND Mund schminken, wir
sollen uns weniger der Masse unterwerfen und uns mehr ei-

gene Gedanken machen, wir sollen weniger Stubenhocker sein und mehr trinken, wir sollen mehr über den Tellerrand schauen und unser Nest in Brabant so schnell wie möglich verlassen, um einen größeren Horizont und mehr Lebenserfahrung zu bekommen, dabei hat uns dieses Brabanter Nest bereits ein Übermaß an Lebenserfahrung und einen größeren Horizont beschert, nicht aus Neugier, sondern aus einem Selbsterhaltungstrieb heraus, aufgrund von wenig bodenständigen Eltern und ihren Alkoholeskapaden, wegen zu hoher Erwartungen und einer Flut an gutgemeinten Urteilen, die uns jahrelang unserer Autonomie beraubten und die wir erst in den letzten Jahren und mit großer Mühe ablegen konnten, dank intensiver Therapie und der temporären Unterstützung durch Zoloft und Oxazepam.

»So eine starke Frau«, hören wir oft. »So meinungsstark und dann ausgerechnet ihrer Sprache beraubt.« Und wir bestätigen das nachdrücklich, aber manchmal denken wir auch an Sartre. Denn wir beginnen erst zu atmen, sobald wir von unserer Mutter abgenabelt werden.

Wir gehen jeden Sonntagabend aus. Das Behindertentaxi holt dich in De Oostergouw in Zaandam ab und setzt dich bei Biek und Bou vor der Tür ab. Jan und ich radeln mit Muk hin. Tijn kommt mit seiner Vespa auf dem Gehweg angefahren.

»Dein Hosenstall steht offen«, sage ich zu Tijn.

»Du musst Muk eine Mütze aufsetzen«, sagt Biek.

Über deinem Schoß liegt ein Schal, wir streichen dein Haar zurecht, stellen deine Bergschuhe auf die Stützen und tragen deinen Lippenstift auf.

»Trinken wir ein Gläschen, Mam?«, fragt Tijn dich und küsst dich sechzehn Mal auf deinen Scheitel. Du brummst glücklich.

Und dann kommt das Heer in Bewegung, marschiert die finstere Truppe wieder wie seit jeher über die Straße, mit wehenden Tüchern und Mützen aus Wolle, Bou schiebt dich und Biek redet mit Jan über die bevorstehende Fashion Week – ob er vielleicht eine Bühne im Showroom bauen könne. Ich trage Muk auf dem Bauch und Tijn singt »Paint It Black« von den Rolling Stones, während er mit seinem Schlüsselbund alle Laternenpfähle anstupst. Auf dem Gehweg erklingen unsere Springerstiefel und das leise Knirschen von Gummirädern.

Bei Pazzi auf der De Clercqstraat bekommt man die besten Holzofenpizzen und einen guten *Verdicchio*. Wir suchen uns einen Tisch am Rand, weit weg von den erhitzten Gesprächen drinnen und weit weg von der lauten Musik. Wegen der Reize, wissen wir inzwischen, sonst musst du dich vielleicht bald wieder übergeben. Du suchst mit der linken Hand nach deiner Lesebrille in der Handtasche auf deinem Schoß und deutest dann auf die Quattro Formaggi. Als ob wir das nicht wüssten, Käsegesicht, sagen wir. So vergesslich sind wir nun auch wieder nicht.

Wir teilen uns die Pizzen und trinken den Wein. Tijn erklärt wie jeden Sonntag, er sei so *stolz* auf seine Mutti, und du wedelst lachend mit der Hand. So von wegen: Hör auf zu schleimen, Junge. Halt jemand anderen zum Narren.

Er lenkt das Auto erst zur Baronielaan und fährt dort zwölf Mal im Kreisverkehr. (Niemand stört sich daran. Es ist drei Uhr nachts. Ganz Breda schläft tief und fest.) Zwölf Mal fährt er im Kreisverkehr herum, wie er das bereits die letzten Wochen gemacht hat. Und genau wie in den vergangenen Wochen wird ihm das nicht reichen. Ganz Breda schläft nachts tief und fest, bis auf sie.

Also fährt er im Kreisverkehr und nimmt Kurs auf die Ringstraße. Die Scheibenwischer gleiten geräuschlos über die funkelnagelneue Heckscheibe seines Alfa Romeo, die Polster riechen noch nach Chemiefabrik, er ist gerade mal Mitte zwanzig, aber er ist Gott sei Dank seinem Nest entwachsen, einem Nest, das keine Zeitungen beherbergt und sich über dunkle Seiten ausschweigt, wo alle Schwierigkeiten unter den PVC-Boden gefegt werden und wo ein persischer Teppich als Tischdecke dient. Die Wohnung in Geldrop, wo die O-Saft-Gläser auf Korkuntersetzer gestellt werden und wo der Fernseher ohrenbetäubend über das Abendbrot hinwegtönt – nie, hat er sich geschworen, niemals sollte seine Herkunft auch seine Zukunft werden, also hat er sich ohne Abschluss in die Werbebranche hineingebluff und dort seine Cleverness zu Geld gemacht, seine strategischen Kenntnisse feilgeboten, darum hat er als kommerzieller Stratege und jovialer Junge seine Ambitionen noch vor seinem sechsundzwanzigsten Geburtstag vollständig verwirklicht mit einer leitenden Funktion bei einer führenden Werbeagentur.

Noch vier Stunden, bis er wieder aufstehen muss, bevor er sich wieder in den Stau Richtung Rotterdam einreihen muss.

Wachsam betrachtet er den Weg, der vor ihm liegt. Gespannt konzentriert er sich auf die gelegentlichen Nachtschwärmer, die ihm entgegenkommen. Mit groß aufblendenden Lichtern tauchen sie plötzlich auf, aber er sieht sie so scharf wie nie. Wie ein Habicht fliegt er, dessen Frau zu Hause schläft, mit seinem schicken Auto über die Fahrbahn, neben ihm ein Kleinod, das nicht beschädigt werden darf, das Mädchen, das er gerade mal sechs Wochen kennt und das er mit einer ihm unbekannten Entschlossenheit vor allen Gefahren bewahren wird, von dem er unter Aufbietung seines eigenen Lebens den Tod abwenden wird. Vorläufig ertönen noch genug Lebenssignale aus dem Maxi-Cosi auf dem Beifahrersitz.

Ganz Breda schläft nachts tief und fest. Außer ich, seine neugeborene Tochter. In meinem ersten Lebensjahr habe ich an einem Stück durchgeweint.

»Wir haben zusammen die gesamten Niederlande gesehen«, sagte er später darüber stolz.

»Ich hätte dich oft erwürgen können«, fasstest du mein erstes Jahr als Baby zusammen.

Ich schaue zu Muk in der Wiege neben mir. Mit einem Gefühl der Erleichterung, das mir den Atem raubt, mache ich mich bereit für eine weitere ungestörte Nacht.

Es gibt da jemanden, der schläft. Es gibt da jemanden, der sich voller Vertrauen hingibt.

NIEMALS NICHT

Du rufst uns morgens über Facetime an, als wir gerade wach sind und in einem Rutsch die Kaffeemaschine, die Dusche und unser Handy angeschaltet haben, trrrrrr vibriert es über den Waschbeckenrand, wir sind knapp zehn Minuten auf den Beinen und der letzte Traum flackert noch nach, gerade wach sind wir und müssen eigentlich dringend aufs Klo, aber trrrrrrrr erklingt es andauernd vom Waschbecken und dann stellen wir schnell die Dusche aus und wischen mit dem Finger über das Display: Da bist du, oder besser gesagt, da ist dein Kinn, oder deine Stirn, oder ein Stück Wand, wie du dich selbst gut ins Bild rückst, müssen wir dir immer wieder aufs Neue erklären, wir sinken sanft auf die Toilette, versuchen leise zu pinkeln, in einer halben Stunde müssen wir bereits bei unserem Termin sein, aber erst bist du da, und du rufst: »Morgen, Schatz«, und das »g« klingt hart und ein wenig betrunken, von deinem Brabanter Zungenschlag ist verrückterweise nichts mehr zu hören, seit du wieder ein paar Worte beherrschst. »Morgen, Schatz« rufst du, und wir antworten mit: »Dreh erstmal das Handy ein wenig, ja, gut so, und jetzt ein bisschen höher halten, nein, nicht so hoch, wir wollen dein Gesicht sehen, nicht deinen grüblerischen alten Schädel«, und dann musst du lachen, und wir sehen wieder ein Stück Wand über das Bild schnellen, und dann ist da endlich dein Gesicht, das heißt, das Gesicht der Frau, die du nun bist, voller, bleicher, aber auch aufgeweckter, als ob mit dem Kleinerwerden deines Lebens auch deine Widerborstigkeit abgenommen habe, deine Bockigkeit ist abgeschwächt, als ob du mit dem Wegfallen aller erdenklichen Verantwortlichkeiten zum ersten Mal dein Leben im Griff habest, einen Überblick hast, und der gelähmte Körper und der verstummte Mund tun dem offenbar keinen Abbruch, du akzeptierst, dass dein Leben nun aus einer übersichtlichen Summe besteht aus wach werden, auf einen Knopf drücken, angezogen werden, auf die Toilette gebracht werden, gefüttert werden, vorgelesen bekommen, gewaschen werden und ins Bett gelegt werden: der Mensch, der du früher warst, hat sich diesem Regime unterworfen – oder aber der Mensch, der du früher warst, ist verblutet, wer kann das schon genau sagen, du bist so viel mehr geworden, als die Ärzte vorhergesagt hatten, aber noch immer gibt es viele Dinge, die wir nicht ergründen können, wie dem auch sei: Du bist voller und bleicher, aber auch aufgeweckter als je zuvor, und du rufst uns jeden Morgen über Facetime an, wenn wir gerade wach sind, trrrrrrrrr, da bist du wieder, du sagst: »Morgen, Schatz«, und dann siehst du uns an mit hochgezogenen Augenbrauen, so von wegen, komm schon, mach mal, erzähl mir was, und so bist du auch dabei, wenn wir in einem französischen Supermarkt umherlaufen oder den Kinderwagen von der Treppe herunterwuchten, du bist dabei, wenn wir ein entscheidendes Bewerbungsgespräch führen oder eine Abschiedsfeier einer Freundin im kleinen Kreis feiern, wenn wir weinend auf der Couch liegen, wenn wir beunruhigt zur Hausärztin radeln, wenn wir mit ambitionierten Bildern zum Friseur gehen und ein Gericht nach einem Rezept aus dem Kochbuch in den Ofen schieben, wenn wir mit unserem vierten Glas Wein dasitzen, wenn wir schimpfend im Stau stehen, gehetzt an der Kasse stehen, schwitzend auf dem Crosstrainer stehen, du rufst uns über Facetime an, trrrrrrrrr, und so wirfst du aus deinem engen Zimmer eine Angel nach unserem Leben aus.

Warum du anrufst, wissen wir nicht. Wenn wir fragen, was du heute vorhast, zuckst du mit den Schultern. Wenn wir dich fragen, was du heute gemacht hast, zuckst du mit den Schultern. Wir wissen nicht, warum du anrufst. Aber wir nehmen niemals nicht ab.

DAS SCHIFF DES THESEUS

»Ist dieses Schiff noch das Schiff, mit dem ich losgefahren bin?«, fragte sich Theseus, nachdem er im Hafen von Athen festgemacht hatte.

Seine Reise aus Kreta hatte Jahre gedauert, und in dieser Zeit hatte sich das Meeressalz in den Mast gefressen, in das Ruder und die vielen hölzernen Deckteile. Planke um Planke hatte er sein Schiff unterwegs neu zimmern müssen, so lange, bis alle ursprünglichen Teile ersetzt waren. Es war also im Grunde ein neues Schiff, mit dem Theseus in Athen einlief.

Wir schieben dich durch Artis und denken daran, wie wir nichts von dem, was für uns früher das Wesen unserer Mutter ausgemacht hat, wiedererkennen, während du noch immer unsere Mutter bist. Stück für Stück sind deine ursprünglichen Merkmale weggebrochen, weggefallen, und wo nötig ersetzt durch Karbon und Gummireifen. Und genau wie Theseus waren wir bei jedem Schritt zugegen, haben es aber erst erkannt, als wir dich mit deiner Pflegerin vor dem Eingang von De Plantage warten sahen und wir aus einiger Entfernung auf dich zuliefen.

Wer ist diese alte, ergraute Frau im Rollstuhl, die uns so hektisch zuwinkt?

Wir fahren noch ab und zu zurück nach Breda, wo wir aus Gewohnheit Ausschau halten nach deinen ursprünglichen Deckteilen, nach deinem weggeworfenen Ruder. Doch dabei kommt nichts heraus. Das perfekt erhaltene Rennrad, auf dem nun eine Nachbarin fährt. Das Haus, wo wir mit viel Wein unsere Konflikte geschlichtet haben und wo nun eine junge Familie Geranien an den Balkon gehängt hat. Die Filmabende, die du früher besucht hast, das Café, wo du oft saßt: dein Platz ist freigeworden und geräuschlos weitergegeben worden an Gäste, die nun genauso warm empfangen werden.

NEUN MONATE NACH PARIS

Neun Monate nach Paris schrieb ich Biek und Tijn eine Mail.

»Liebe Schwester, lieber Bruder«, hob ich an.

Um dann fortzufahren: »Worauf ich stolz bin«, denn ich wollte meine Nachricht damit einleiten, dass ich auf unseren Zusammenhalt verwies. Darauf, wie wir es trotz aller Unterschiede und gegenseitiger Verwünschungen dennoch geschafft hatten, alle gemeinsam. Ich wollte schreiben, dass das Schachbrett zwar zu Boden gekracht war, wir alle Figuren noch einmal hatten aufstellen und uns neu zueinander hatten verhalten müssen, aber dass wir trotzdem nach wie vor standen, immer noch eine Front bildeten, ja, dass wir bewiesen hatten, dass wir einiges aushalten.

Dann fiel mir ein, dass Tijn so ein sentimentales Geschwätz furchtbar finden und gleich seinen Laptop zuklappen würde, sobald er es las. Also löschte ich den Absatz wieder.

»Kann man je von Schuld sprechen?«, begann ich die Mail von vorn. »Kann man noch mit Fug und Recht behaupten, dass Menschen für ihre Handlungen verantwortlich sind, wo man so viel über die Funktionsweise des Gehirns liest, und das Vorhandensein eines freien Willens mit jeder Publikation immer mehr infrage gestellt wird? Können wir Menschen noch vorhalten, dass sie schuld sind an dem, was sie anrichten und hinterlassen? Sind wir nicht alle dem Zustand unserer grauen Zellen ausgeliefert und allen Schäden, die diesem Gehirn zugefügt wurden – sei es nun durch eine Hirnblutung oder durch Alkoholsucht?«

Auch zu pedantisch. Außerdem würde es nicht das Geringste ändern. Es würde den Schock nicht lindern. Ich löschte den Text erneut.

»Liebe Biek, lieber Tijn«, schrieb ich deshalb schlicht. »Als Mama noch im Krankenhaus lag, habe ich mich mit Papa auf der Terrasse vom De Wit getroffen. In der Hoffnung, er könnte vielleicht Licht ins Dunkel von Mamas letzten Stunden bringen. Wozu?, werdet ihr sagen. Gute Frage. Ich glaube, dass die Antwort darauf in meinem zwanghaften Wunsch begründet liegt, die Vergangenheit zu erkunden, um mich so vor Gefahren in der Zukunft zu schützen. Vielleicht hat es auch was mit Selbstkasteiung zu tun. Denn welchen Sinn soll es haben, die letzten Stunden zu durchleuchten, wenn diese unausweichlich auf dasselbe, verhängnisvolle Ereignis hinauslaufen?

Wie dem auch sei, jedenfalls habe ich Papa gefragt, ob er mir die letzten Stunden von Mama schildern könne. Schließlich sei er der Einzige gewesen, der jeden Tag bei Mama im Atelier war und somit wahrscheinlich der Letzte, der sie gesund gesehen hat, und auch der Einzige, der uns etwas über ihre letzten Stunden als unsere Mutter erzählen kann.

Natürlich wurde er zuerst wütend. Er meinte, ich hätte ihn mit meiner angeblichen Schwangerschaft reingelegt, während ich in Wahrheit nur darauf aus sei, ihn zu verdächtigen, ihn zu beschuldigen, ›um die Hetze, die wir bereits seit Jahren gegen ihn betrieben, in Form von unfundierten Vorwürfen und gemeinen Anschuldigungen zu konkretisieren‹.

Er wollte schon aufstehen, als ich ihm sagte, dass es nicht gelogen, ja, dass ich wirklich schwanger sei, dass er Opa werde und ich Mutter, und dass ich einfach gern wissen wolle, wie es Mama ergangen sei, wissen wolle, wann ich meine Mutter verloren hätte.

›Woher soll ich das wissen?‹, sagte er. An dieser Stelle möchte ich noch einmal bekräftigen, dass wir alle ausgeliefert sind, allem – der Zeit, unserem Gehirn, den Umständen, der Willkür: Es hätte nichts geändert. Es wäre so oder so geschehen.

›Woher soll ich wissen, wie die letzten Stunden eurer Mutter gewesen sind?‹, sagte Papa dann. ›Keine Ahnung, ich war nicht dabei. Wir waren beide in der Atelier-Küche und hatten gerade zu Mittag gegessen, eure Mutter hatte so einen Avocado-Salat, irgendwas mit Tomaten, roter Paprika, Koriander und Zitrone, keine Ahnung was sie da alles reingeschnibbelt hat, auf jeden Fall stand hinterher ein Berg Abwasch da, sodass ich mich darum gekümmert habe, während sie am Tisch sitzen blieb. Sie war verstimmt, weil Stef ihre Buchhaltung »chaotisch« genannt hat. Wir hatten ausgemacht, dass ich zum Baumarkt fahre, um Holzstempel zu holen und Druckerpatronen beim Copyshop, naja, also hab ich vom Baumarkt und vom Copyshop geredet, und sie hat sich das angehört. Das Radio war eingeschaltet, der Wasserhahn lief, ich hab nicht wirklich zugehört, ich hab also abgewaschen, und als ich fertig war und mich umgedreht hab, hab ich gesehen, dass sie sich übergeben hatte. Sie hatte Avocado auf den Tisch erbrochen, sie klebte ihr in den Haaren, auf der Tischplatte. Ich konnte ihr Gesicht nicht richtig erkennen, weil sie vornübergebeugt dasaß, den Kopf in die Hände gestützt. »Du bekommst bestimmt eine Grippe«, sagte ich, aber sie hat nicht geantwortet. Na gut, sie will nicht reden, dachte ich. Und dann ließ sie den Kopf auf die Arme sinken. Ich meinte: »Ich fahr jetzt mal in den Baumarkt und zum Copyshop, Stef wollte ja um zwei kommen, dann kann er die Belege direkt verbuchen«. Dann bin ich aus der Küche gegangen, hab meine Jacke aus der Werkstatt geholt und bin ins Auto gestiegen. Über die letzten Stunden eurer Mutter weiß ich nichts‹, sagte er.«

Wir halten einiges aus, und niemand hat Schuld. Dennoch habe ich die Mail nie abgeschickt.

KEIN ENDE

Wir sagen uns, dass das der natürliche Gang der Dinge ist. Dass das Gehirn nun einmal so auf Eltern reagiert, die in der Zeit stehen bleiben. Der akute Schmerz ist eines Tages nicht mehr so akut. Der Schock stellt sich vor allem noch dann ein, wenn ein altes Foto von dir auftaucht, das wir noch nicht kannten. Biek, Bou und Tijn fahren wieder nach Paris, von wo aus sie dich über Facetime anrufen, um mit dir einen Rundgang durch den Showroom zu machen. Jan und ich nehmen Muk mit nach Kreta, wo wir ohne Schwermut die Familien an den anderen Tischen betrachten. Für dich bringen wir ein hübsches Armband aus dem Urlaub mit, das dir die Pflegerin umbinden kann und das du nur anschauen musst.

Wir sind offenbar dafür gerüstet, eine Mutter zu verlieren.

Ich denke zurück an unseren letzten Abend in Paris. Wir saßen im Showroom im Kreis. Es waren wieder mehr Aufträge als im Vorjahr eingegangen, es war dir wieder mehr Bewunderung entgegengebracht worden. Du öffnetest den Champagner und gabst einen Toast auf unsere produktive Hartnäckigkeit aus. In all unserer Unangepasstheit, sagtest du, während du mit eingegipstem Arm dein Glas hobst, hatten wir unser Potential maximal ausgeschöpft. Trotz unserer Unsicherheiten waren wir endlich erfolgreich.

Biek, Bou und Tijn stießen mit den Gläsern an und stimmten johlend ein. Ich blickte auf mein Glas Tomatensaft und meinen Bauch und dachte an all die Orte, an die ich mich

nicht gewagt hatte, an alles, was ich mich nicht getraut hatte
zu sagen, an alles, was ich mich nie getraut hatte, im Ge-
gensatz zu euch zu werden. Wir tranken und du standest aus
dem Kreis auf. Bereits über den Umsatz redend, liefst du zur
Rückenlehne meines Stuhls und legtest deine warme Hand
in meinen Nacken. Sanft knetetest du meine Muskeln locker.

Wir erzählen einander, dass es das ist, was Eltern tun. Dass
sie in einem bestimmten Moment ihre Funktion ablegen,
den Körper abwerfen und sich anschließend im Gehirn ihrer
Nachkömmlinge einnisten, wo sie fortan milder sein können
als je zuvor. Manchmal gibst du dich von dort aus noch nachdrücklich zu erkennen.

Was soll schon schlimmstenfalls passieren?

Sagst du dann.

DANKE

Das Mag: Allen und insbesondere Bowi, Isabel, Marscha, Daniël, Lyanne, Floor und Frank. Was für ein Glück, dass ich unter euren professionellen, begeisterten, stilsicheren und unfassbar lieben Flügeln einen ersten Versuch wagen durfte.

Jan, Boudewijn, Roos und Barbara: Für immer verbunden im Dunkel und im Licht.

Kai und John: Ohne die es nicht möglich gewesen wäre.

Frieda: Ohne die ich es nicht gekonnt hätte.

Loret und Muk: Ganz unten aufgeführt, aber vor allen anderen kommend.